Der rote Faden

oder

Ein halbes Leben auf gepackten Koffern

Monika Genzow

2024

Das Leben ist wie ein Prisma.

Es hat viele Facetten.

Je nachdem, aus welchem Blickwinkel man es betrachtet, kann man es in vielerlei Farbnuancen aufleuchten lassen.

Nicht immer lässt sich da ein roter Faden finden. Manchmal bilden auch mehrere rote Fäden ein Geflecht.

Ich bin sicher, dass mein Leben aus so einem Geflecht besteht. Trotzdem will ich versuchen, in meiner Erinnerung einem roten Faden zu folgen.

Ein solcher roter Faden besteht mit Sicherheit aus gepackten Koffern.

Damit meine ich nicht die Urlaubskoffer, obwohl auch sie einen nicht geringen Raum in meinem Leben einnehmen.

Doch zu Reisen im Allgemeinen und im Besonderen möchte ich mich jetzt nicht äußern.

Meine gepackten Koffer sind eng verbunden mit dem Begriff „Umzug".

Aber der Reihe nach.

Dresden , 30. September 1941

Das erste kleine Köfferchen war etwa 40 cm lang und 10 cm hoch und bestand aus rehbraunem Leder.

Meine Oma packte es für mich, als ihre Tochter Ende September 1941 zur Entbindung in das Dresdner Friedrichstädter Krankenhaus fuhr.

Die Welt war für sie noch in Ordnung.

Zwar hatte gerade vier Wochen zuvor der II. Weltkrieg begonnen, aber die Schrecken eines

Krieges waren zu diesem Zeitpunkt noch nicht im Bewusstsein der Bevölkerung angekommen. Mein Vater war allerdings schon in das Grauen integriert. Er war Bordmechaniker und diente als Feldwebel in einem Jagdgeschwader, das in Jüterbog stationiert war. Dieses Geschwader war auf dem Weg – oder sollte ich besser Flug sagen – gen Osten. Seit der Schlacht um Stalingrad ist er verschollen. Ich habe ihn nie kennengelernt. Nur ein vergilbtes Foto ist mir geblieben. Es zeigt eine glückliche junge Familie. Er hält mich auf dem Arm. Ich bin neun Monate alt.

Ich weiß nicht, ob meine Geburt schwer oder leicht zu ertragen gewesen war. Auf jeden Fall war ich gesund und meiner Mutter ging es, den Umständen entsprechend, gut. Da mein Vater ohnehin in ihrer Wohnung in Jüterbog nicht anzutreffen war, blieb meine Mutter zunächst mit mir bei meinen Großeltern in deren kleiner Zwei-Zimmer-Wohnung in

Dresden-Cotta, Weidentalstraße 28.

Diese Wohnung lag im zweiten Obergeschoss eines typischen Dresdner Vorstadthauses mit acht Mietsparteien. Es hatte Doppelfenster, einen Balkon, einen Kachelofen in der „guten Stube", eine kohlebefeuerte Kochmaschine in der Küche und eine unbeheizte Außentoilette auf der Etage.

Auch das Schlafzimmer war unbeheizt. Wenn ich daran denke, kommt mir sofort das klamme Federbett in den Sinn. Die Zudecken waren seinerzeit noch nicht abgesteppt, sodass sich die Federn beliebig verschieben konnten und zusammenballten an Stellen, wo sie eigentlich fehl am Platze waren. Es brauchte lange, bis ich darin warm wurde. Meine Oma hatte zwar eine

Wärmflasche an das Fußende gelegt, aber mein Rücken blieb kalt.

Es hat sich mir auch nie erschlossen, warum die Straße „Weidentalstraße" hieß, denn von Weiden war weit und breit keine Spur. Dafür wurde sie gesäumt von prächtigen alten Linden, die im Frühjahr einen aromatischen Duft verströmten. Ich liebe diesen Duft bis heute. Er bedeutet so etwas wie „Heimat" für mich.

Die schreckliche Bombennacht vom 13. Februar 1945 erlebten wir im einzigen Schutzraum, der für diese Straße eingerichtet worden war. Ich habe nicht viel davon mitbekommen, denn der Stadtteil Cotta blieb weitestgehend verschont.

Nur der Güterbahnhof, zu dem meine Oma mit mir am nächsten Tag ging, war getroffen worden. Auf einem der Gleise stand noch ein Öltankwagen in hellen Flammen, aber rings um den Bahnhof lag alles in Schutt und Asche. Wir machten schleunigst kehrt, denn es bestand die Gefahr, dass der Waggon explodierte.

Nach Kriegsende kehrte meine Mutter allein zurück nach Jüterbog. Von meinem Vater hatte sie seit der Schlacht um Stalingrad, in die er auf deutscher Seite involviert war, nichts mehr gehört. Trotzdem lebte sie in der Hoffnung, dass er eines Tages vor der Tür stehen würde.

Ich blieb bei meinen Großeltern in Dresden und verlebte behütete Kinderjahre.

Die Erlebnisse aus dieser Zeit sind bruchstückhaft, aber immer wiederkehrend, wenn von meiner Kindheit die Rede ist.

So kann ich mich gut daran erinnern, dass es mir eine Freude war, bei den sonntäglichen Spaziergängen auf die kleinen ockerfarbenen Gehwegplatten vor dem Haus zu hopsen, die sich gelockert hatten und bei jedem Schritt einen tönernen Klang von sich gaben. Meine

Oma ermahnte mich stets, „ordentlich" zu gehen. Meinen Großvater nervte das. Er ging immer drei Schritte voraus.

Mich hingegen nervte es, wenn die langen braunen Baumwollstrümpfe, ausgebeult, fast bis zu den Knien an mir hingen und meine Oberschenkel mit dem kratzigen, aus Wolle aufgerebelter Socken im sechs rechts, sechs links gestrickten, schlauchförmigen Rock in Berührung kamen.

Dagegen mochte ich es, wenn meine dünnen blonden Haare mit der Brennschere zu kleinen Löckchen aufgedreht wurden.

Als die Schulzeit herankam, wurde es Zeit, dass meine Mutter mich zu sich nahm, denn ich war in Jüterbog gemeldet. Also packte meine Oma erneut den kleinen rehbraunen Koffer und brachte mich nach

Jüterbog, Zinnaer Str. 6,

wo meine Mutter damals in einer Zwei-Raum-Wohnung im Hochparterre eines Fuhrunternehmens lebte. Sie war die einzige Mieterin, die in dem zweistöckigen Haus mit großer Toreinfahrt verblieben war. Der Fuhrunternehmer war vor Kriegsende geflüchtet. Die Wohnung war für meine damaligen Begriffe riesig und kalt.

Nachdem meine Mutter und ich wiederholt nachts durch heftigen Lärm und Wummern gegen das Haustor aus dem Schlaf gerissen wurden und verängstigt in eine Ecke der Wohnung flüchteten, zogen wir ins Nachbarhaus unter das Dach eines Anbaus, der zu einer Fleischerei gehörte. Im Haupthaus lebte der Fleischer mit seiner Familie und einem weiteren Mieter.

Dieser Umzug brachte den Vorteil mit sich,

dass wir auch ein wenig unter die Fittiche der Fleischersfamilie genommen wurden. Ich bekam immer eine Scheibe Wurst extra, wenn wir einkauften und der Fleischer versorgte uns regelmäßig mit Wurstsuppe.

Da ich im Alter von sieben Jahren sehr zart, um nicht zu sagen, mager, war und ein bisschen blass um die Nase, hatte der Schlachter auch eine spezielle Kur für mich in petto. Immer, wenn geschlachtet wurde, bekam ich ein paar Tage lang eine Tasse frisches, noch warmes Kalbsblut, das ich mit Widerwillen trank, aber unter Androhung von Strafe nicht wagte, es abzulehnen. Im Nachhinein muss ich sagen: es hat mir nicht geschadet. Ich bin in meinem ganzen Leben überwiegend gesund und niemals mehr mager gewesen.

Im Hof vor dem Schlachthaus hielten die Besitzer zwei Hunde - eine gefleckte Dogge, deren Schwanz regelmäßig kupiert wurde, und einen kleinen schwarzen Mischling, den sie Pfiffi nannten. Der Dogge ging ich aus dem Weg, aber Pfiffi wurde ein treuer Spielkamerad. Stundenlang konnte ich ihm Stöckchen wegwerfen, die er zu fangen versuchte. Dabei vollführte er die drolligsten Sprünge und brachte den Fund dann schwanzwedelnd zurück. Besonderen Spaß machte es, wenn nach frischer Schlachtung die Blasen zum Trocknen quer über den Hof an einer Leine hingen. Das sah der Fleischermeister aber nicht besonders gern und wenn er es gewahr wurde, musste Pfiffi an die Kette.

An manchen Tagen wurde der Hof von Flugzeugen überquert. Anstelle des Jagdfliegergeschwaders, dem mein Vater angehört hatte, hatte nach dem Krieg eine sowjetische Kampffliegereinheit die Garnison und den Flugplatz übernommen. An den

Abenden wimmelte es in der Stadt von sowjetischen Uniformen. Ich konnte damals jedoch keinen Zusammenhang herstellen und dachte, dass vielleicht mein Vater in einem der Flugzeuge sein könnte und winkte ihnen vom Hof aus freudig zu.

Mein Aufenthalt in Jüterbog währte nur ein Jahr. Als sich abzeichnete, dass mein Vater nicht aus dem Krieg heimkehren würde, hielt meine Mutter es für besser, mich wieder der Fürsorge meiner Großeltern zu überlassen. Sie musste schließlich für unseren Lebensunterhalt sorgen und dafür, ohne Rücksicht auf familiäre Verpflichtungen, auch Arbeit annehmen, die die geregelte Betreuung eines Kindes nicht vorsah. Für den Kindergarten war ich schon zu alt und eine Hortbetreuung gab es noch nicht.

In die Schule ging ich gern. Das Lernen fiel mir

leicht und die wenigen Hausaufgaben waren schnell erledigt. So blieb viel Zeit, in der ich auf allerhand dumme Gedanken kommen konnte.

Als ich dann eines schönen Tages Pfiffi mit in die Schule brachte, damit er auch etwas lernen konnte, war der Anstoß für die Rückkehr nach Dresden gegeben.

Die endgültige Entscheidung aber fiel, nachdem ich aus dem Café am Markt, in das meine Mutter mich eines Sonntags mitnahm, das porzellanene Kaffeekännchen mit der Aufschrift „Café HAG" heimlich in die neben dem Tisch stehende, offene Einkaufstasche meiner Mutter gesteckt hatte.

Meine Mutter bemerkte den Diebstahl erst zu Hause und gab mir handgreiflich zu verstehen,dass so etwas in ihrer Familie noch nie vorgekommen und ein absolutes Fehlverhalten war.

Das war schwer für mich zu begreifen, denn ich

wollte ihr nur eine Freude machen. Sie hatte sich mit der Serviererin begeistert ausgetauscht über den kleinen Schlitz in der Tülle des Kännchens, der verhinderte, dass Kaffeetropfen hängen blieben und auf das Tischtuch tropften.

Alle weinend vorgebrachten Erklärungen verhallten im Wind. Meine Laufbahn als Diebin schien vorprogrammiert.

Dem wollten sowohl meine Mutter als auch meine Großmutter Einhalt gebieten.

Also wurde wieder das kleine Köfferchen gepackt. Mehr war nicht nötig, denn meine Garderobe war überschaubar. Den Schulranzen mit der Fibel, dem Rechenbuch, dem hölzernen Kreidekasten und dem Zeichenblock nebst Tuschkasten trug ich auf dem Rücken. Natürlich durfte auch die schwarze Schiefertafel mit dem aus dem Ranzen heraushängenden Schwämmchen nicht fehlen.

So endete das erste Schuljahr mit einem weiteren Umzug, zurück nach

Dresden, Weidentalstraße 28.

Nach den unguten Erfahrungen mit mir in Jüterbog suchte meine Oma in Dresden eine bekannte Wahrsagerin auf, um mehr über meine Zukunftsaussichten zu erfahren.

Das Ergebnis war nichtssagend. Außer der Warnung, ich solle mich vom Wasser fernhalten, fanden sich nur Allgemeinplätze, die für Alle und Jeden gelten konnten.

Meine Oma sagte mir das natürlich nicht. Mit Kindern wurde zur damaligen Zeit in unseren Kreisen nicht über ernste Themen gesprochen. Ich hörte es durch Zufall, als ich an der Wohnungstür lauschte, vor der meine Oma mit der Nachbarin tuschelte. Das tat sie oft, doch ich konnte es noch nie leiden.

Als aber wenig später der Kinderarzt empfahl, zur Kräftigung der Herzmuskulatur Schwimmen zu lernen, begleitete mich meine Oma trotz Warnung vor dem Wasser zweimal in der Woche zum Schwimmunterricht.

Zu Hause sollte ich lernen, die Augen unter Wasser offen zu halten. Dazu füllte sie lauwarmes Wasser in die Schüssel des Waschhockers und stupste mich dann kopfüber hinein bis ich anfing zu prusten. Nach einem halben Jahr erhielt ich das Freischwimmerzeugnis. Das hieß: 15 Minuten Bahnenschwimmen und Schlußsprung vom Einmeterbrett.

In Dresden besuchte ich die zweite, dritte und vierte Klasse. Es hätte eine schöne und sorglose Zeit für mich sein können, aber ich hatte keine Freunde, mit denen ich die freie Zeit verbringen konnte.

Meine Oma verwöhnte mich, wie sie es schon in den ersten Kinderjahren getan hatte.

Sie erfüllte meine Wünsche nach einem eigenen Haustier. Ich sage hier bewusst „Wünsche", denn deren Erfüllung war leider nicht von Erfolg gekrönt. Nach einem Kätzchen, das beim Sturz durch die rankenden Petunien im Blumenkasten vor dem Küchenfenster frühzeitig ums Leben kam, über den Dackel „Waldi", der als Welpe zu uns kam, aber leider noch nicht stubenrein war, bis zum Aquarium mit Guppies und einem Goldfisch, das ich in guter Absicht, aber für die Fische tödlich, im Winter auf den Kachelofen stellte, gab ich den Wunsch im gegenseitigen Einvernehmen mit meiner Oma schließlich auf.

Erst in späteren Jahren flammte dieser Wunsch erneut auf und führte zu mehr oder weniger erfolgreichem Miteinander mit Tieren verschiedenster Art. Aber das ist ein weiterer roter Faden, den ich hier trenne.

Es folgten Versuche einer künstlerischen Betätigung. Ein Klavierlehrer kam ins Haus, erkannte aber keine besondere Begabung, zumal ich die mir aufgetragenen Etüden nicht übte, sondern lieber „eigene Kompositionen" auf die Tasten hämmerte.

Auch eine Karriere als Primaballerina blieb erfolglos, obwohl ich an der renommierten Tanzschule von Gret Palucca die ersten Positionen, Pirouetten und Sprünge erlernte. Meine Oma hatte extra für diese Ausbildung Opas alten schwarzen Regenschirm entblößt, um aus der Seide ein Tanzröckchen für mich schneidern zu lassen, was neben einem weißen Trikot und schwarzen Hallenturnschuhen zu den materiellen Voraussetzungen gehörte. Gern hätte sie mich bei einer der Vorführungen, die für Eltern und Verwandte veranstaltet wurden, auf dem Parkett gesehen. Daraus wurde leider nichts. Während die meisten Elevinnen klein und zierlich waren und ihre Darbietung grazil und schön anzusehen war, sprang ich wie ein Zicklein durch den Raum und schwang die Arme wie beim Seilspringen. Klar, dass ich nicht zu den Auserwählten gehörte, die vortanzen durften.

Fortan beschränkte sich meine künstlerische Bildung auf den Besuch des „Theaters der Jungen Generation", des Kinos im benachbarten Stadtteil Wölfnitz, des Weihnachtsmarktes und der Vogelwiese, was mir sehr gefiel.

Gesundheitlich war ich ziemlich stabil. Außer den Windpocken, die nur eine kleine Narbe an der Stirn hinterließen, bestand nur einmal der Verdacht auf Keuchhusten. Da fuhr meine Oma zur Prophylaxe zum Gasometer in Bahnhofsnähe und ging mit mir mehrfach im

Kreis um die Innenwand, wo sich ein durch Geländer abgesicherter Rundgang befand.

Mein Großvater nahm alles hin, obwohl er nicht begeistert war. Ich bekam ihn nur selten zu Gesicht. Er verließ in aller Frühe das Haus, nur mit einem Teller Mehlsuppe im Magen, um in einer Fabrik Kunststoffdosen für Schuhcreme herzustellen. Eine ungewohnte und stupide Tätigkeit für einen ehemaligen Bankangestellten, die ihn bei einem Unfall den linken Zeigefinger kostete und depressiv werden ließ, uns aber ernährte.

Wenn er an manchen Tagen abends noch in der Küche war, in der sich das ganze Leben an den Wochentagen abspielte, saß er vor dem kleinen Volksempfänger und lauschte den Nachrichten.

An den Wochenenden fuhren wir oft alle zusammen mit dem Raddampfer in die

Sächsische Schweiz oder zu Verwandten nach Pirna. Diese Dampferfahrten waren nicht nur lang, sondern auch langweilig, denn die Landschaft, die gemächlich vorbeizog, interessierte mich nicht sonderlich. Aber ich durfte auf dem Gang zwischen den Schaufelrädern und dem Schiffsmotor stehen und zusehen, wie sich die schweren Messingkolben und Pleuel hoben und senkten, was mich faszinierte. Ein Dunst von heißem Getriebeöl erfüllte die Umgebung, den ich als angenehm empfand.

Wenn ich dann später auf dem Passagierdeck auch noch eine Scheibe frisches Wellfleisch mit Brot und viel Senf spendiert bekam, war ich mit allem versöhnt.

Dass es meinen Großeltern schwerfallen könnte, sich und mich zu versorgen, fiel mir nicht auf. Ich machte mir keine großen Gedanken darüber.

Für mich war alles selbstverständlich. Sorgen und Nöte wurden von mir ferngehalten.

Ich habe es meinen Großeltern nicht immer so gedankt, wie sie es verdient hätten. Das muss ich zu meiner Schande gestehen. Dabei bin ich ihnen bis heute dankbar, dass sie dafür gesorgt heben, dass ich mich einer Augenoperation unterzog, die mich vom Schielen befreite und die ungeliebte Nickelbrille für einige Jahrzehnte aus meinem Leben verbannte.

Diese Brille war einer der Gründe, warum ich die Dresdner Zeit nicht ungetrübt in Erinnerung habe.

Kindliche Brillenträger gehörten damals noch nicht zum allgemeinen Straßenbild. Meine Mitschüler hänselten mich und riefen mir hinterher: "Schielekönig", „Schielekönig". König war mein Nachname. Ich heulte ich mich bei meiner Oma aus oder verpetzte die

Quälgeister bei der Lehrerin, was mir noch weniger Ansehen einbrachte.

Einmal lauerten zwei Jungs aus meiner Klasse mir auf, als ich einsam und als Bummelletzte aus der Schule kam. Der Schulweg führte an der Außenmauer eines Kuhstalls entlang. Dort entrissen sie mir das Kochgeschirr mit den Fadennudeln aus der Schulspeisung, an der ich unbedingt teilnehmen wollte, obwohl Oma gut kochen konnte. Sie schwenkten das Kochgeschirr und schleuderten mir den Inhalt entgegen. Sie wussten, dass ich Fadennudeln besonders gern aß. Sie nannten sie „Madennudeln", weil oftmals Mehlwürmer darin zu finden waren, aber das machte mir nichts aus.

Ich hatte in der Schule keine Freundinnen oder Freunde, die mich hätten verteidigen können. Kurz, ich war ziemlich allein mit meinen kindlichen Ärgernissen.

So war ich beinahe erleichtert, als meine Großeltern mir eröffneten, dass meine Mutter wieder heiraten und ich fortan bei meinen Eltern leben würde.

Meine Mutter hatte ich von den wenigen Besuchen bei uns in guter Erinnerung, obwohl sie meistens mit mir ins Gericht ging wegen irgendwelcher Unarten, über die sich meine Großeltern beschwert hatten.

Ich freute mich auf den bevorstehenden Umzug, zumal ein Baby angekündigt wurde. Ein Schwesterchen hatte ich mir schon lange gewünscht.

Auch hegte ich den geheimen Wunsch, meinen Nachnamen loszuwerden. Um es gleich vorweg zu nehmen, er erfüllte sich leider nicht. Ich schielte zwar nicht mehr, blieb aber bis zu meiner Heirat eine „König".

Später machte ich aus der Not eine Tugend und

erklärte, ich sei eine Nachfahrin August des Starken.

Doch zurück zu meinem Ortswechsel. Diesmal war ein größerer Koffer vonnöten, denn zu meiner immer noch überschaubaren Garderobe kamen noch meine Schulsachen, meine Spielsachen, meine Lieblingspuppe und eine kleine Büchersammlung. Lesen war meine Lieblingsbeschäftigung.

Der Koffer, ein stabiler Kasten, überzogen von schwarzem Lacklederimitat, das an den Kanten und in der Mitte von hellbraunen Lederbändern verstärkt wurde, begleitete mich über viele Jahre.

Während ich beinahe unbeschwert, nur mit dem Schulranzen beladen, auf Reisen ging, musste sich meine Oma ganz schön buckeln, um die schwere Last in

Luckenwalde, Gottower Str. 5

abzugeben. Meine Mutter war im neunten Monat schwanger und durfte nicht mehr schwer tragen. Mein neuer Vater, von Beruf Handelskaufmann, arbeitete in einer HO-Verkaufsstelle und war nicht abkömmlich, um uns in Empfang zu nehmen.

Die Wohnung meiner Eltern lag in der obersten Etage eines Mehrfamilienhauses am Stadtrand. Sie umfasste zwei Zimmer und eine Küche. Die Toilette befand sich eine halbe Treppe tiefer und wurde von drei Mietparteien genutzt.

Ich erhielt mein neues Domizil im Wohnzimmer auf einer Couch. Obwohl ich mich räumlich damit kaum verbesserte, war ich doch voller Optimismus und freute mich auf das Zusammenleben mit meiner Familie.

Besonders freute ich mich auf das Baby, das hoffentlich ein Schwesterchen werden würde, wie ich es mir schon lange gewünscht hatte. Ultraschalluntersuchungen gab es damals noch nicht, sodass auch meine Eltern sich überraschen lassen mussten.

Anfang Oktober wurde meine Schwester Renate geboren. Die Freude war auf allen Seiten groß.

In die Freude über den Familienzuwachs mischte sich bei mir alsbald ein kleiner Wermutstropfen, der nach und nach zu einer kleinen Wasserlache anschwoll.

Nach dem Namen für das Schwesterchen befragt, hatte ich „Heidi" vorgeschlagen.

Der Vater, den auch ich „Vati" nannte, fand „Renate" schöner.

Nach einigen kurzen Spaziergängen durfte ich das Baby nicht mehr ausfahren. Ich war zu ungestüm im Umgang mit dem Kinderwagen und meine Mutter befürchtete eine Gehirnerschütterung für das Kind.

Als die ersten Breie gefüttert wurden, durfte ich die Kleine auf dem Schoß festhalten, aber sie spuckte und sprudelte nur so um sich. Was daneben ging, sammelte meine Mutter mit dem Löffel wieder ein, denn der Brei war mit wertvollem Saft frischer Orangen angereichert. Was mein Schwesterchen nicht schaffte, sollte ich aufessen.

Abgesehen davon, dass ich Grießbrei ohnehin nicht mochte, ekelte ich mich auch noch vor den ausgespuckten und wieder verrührten Resten.

Spielen konnte ich mit dem Baby noch nicht, denn es schlief die meiste Zeit, aber wenn ich in Ruhe Schularbeiten machen wollte, begann oftmals ihre Stimmprobe.

Trotzdem liebte ich mein Schwesterchen, denn

sie war ein hübsches, kräftiges Baby mit blondem Lockenköpfchen.

Der Wechsel in die neue Schule fiel mir nicht schwer. Vieles von dem, was in den ersten Wochen im Unterricht behandelt wurde, hatten wir in Dresden schon durchgenommen. Daher schnellte mein Finger häufig als einer der ersten in die Höhe, wenn eine Frage im Raum stand. Aber ich konnte mein Wissen nur selten anbringen, denn der Lehrer meinte, ich solle erst einmal ordentlich Deutsch sprechen lernen. Ich verstand ihn nicht. Was, bitte schön, war an meinem reinen Sächsisch kein Deutsch?

Große Freude bereitete mir der neu hinzu gekommene Russisch-Unterricht. Dieser Lehrer verstand es, die fremden Wörter mit farbigen Zeichnungen zu untermalen und machte aus den unbekannten Buchstaben kleine Kunstwerke.

Das Fach war für alle Schüler neu und nicht für jeden gleich verständlich. Da ich eine leichte Auffassungsgabe habe, konnte ich dem einen oder anderen Mitschüler bei den Hausaufgaben helfen. Dadurch gewann ich endlich auch Freunde.

Meine Freundin Roswita wohnte gleich zwei Häuser weiter. Wir wurden bald unzertrennlich. Dabei schadete es auch nicht, dass sie häufig auf ihren zweijährigen Bruder aufpassen musste, dessen charakteristisches Merkmal eine ständig triefende Nase war.

Meine Mutter sah die Verbindung nicht gern, aber mir machte die Schniefnase nichts aus.

In Luckenwalde gab es ein schönes Hallenschwimmbad, das ich gern und oft mit meinen Klassenkameraden besuchte. Der Aufenthalt im Hallenbad war für Schüler kostenlos. Ich turnte auch gern und wurde von den Mitschülern ob meiner Gelenkigkeit oft „Gummiknochen" genannt.

Vermutlich war das einer der Gründe, weshalb ich das sechste Schuljahr in der gerade neu geschaffenen Sportschule begann.

Der Schulwechsel brachte keine großen Veränderungen mit sich. Das Schulgebäude blieb das gleiche. Die neue Klasse bestand je zur Hälfte aus meiner bisherigen und der Parallelklasse. Meine Freundin Roswita wurde auch in die Sportschule übernommen.

Nur der Stundenplan veränderte sich. Der Sportunterricht gewann mehr Gewicht und das Schwimmen wurde Unterrichtsfach.

Nach wenigen Wochen standen wir schon vor der Fahrtenschwimmerprüfung. Das bedeutete 45 Minuten Ausdauerschwimmen und Schlußsprung vom 3-Meter-Brett. Das Dauerschwimmen war keine Hürde. Als ich aber auf dem 3-Meter-Brett stand und in die Tiefe sah, wäre ich am liebsten wieder umgekehrt. Nie im Leben würde ich da heil runter kommen. Die Hallendecke erschien mir unheimlich nah, das Sprungbecken viel zu klein und vor allem zu flach. Man konnte ja in dem klaren Wasser sogar die Fugen der Fliesen erkennen!

Der Sportlehrer musste alle seine Überredungskünste aufbringen, um mich zum Springen zu veranlassen. Letztlich gelang es ihm, indem er mein Augenmerk auf die Uhr richtete, die an der gegenüber liegenden Wand angebracht war.

„Sieh nicht nach unten! Sieh auf die Uhr und dann spring!", rief er mir zu.

Ich blickte zur Uhr, machte vorsichtshalber die Augen zu und sprang. Es war gar nicht schlimm. Die Zensur war gerettet.

Ich weiß nicht, ob mir eine sportliche Karriere als Schwimmerin oder vielleicht auch als Turnerin geblüht hätte, denn sie endete vorzeitig mit dem Ende des Schuljahres.

Mein Vater gab seine Tätigkeit als Leiter der HO-Verkaufsstelle auf und wechselte als Behördenangestellter in eine Dienststelle des Ministeriums des Inneren, die in Oranienburg ihren Sitz hatte. Erst Jahre später fand ich heraus, dass es sich dabei um eine Tarnbezeichnung für Mitarbeiter der Staatssicherheit handelte.

Diesmal wurden Kisten und Koffer, stabile Kartons, ein großer, verschließbarer Wäschekorb und natürlich auch mein schwarzer Umzugskoffer gepackt. Ein Umzugsunternehmen verstaute alles zusammen mit den Möbeln, die ich schon aus der ersten Wohnung meiner Mutter in Jüterbog kannte, in einem Möbelwagen und beförderte es in unsere neue Wohnung nach

Oranienburg , Freienwalder Strasse 6.

Hier bezogen wir eine Zweienhalb-Zimmer-Wohnung im Hochparterre.

Ich bekam einen Platz im Wohnzimmer mit eigener Schlafcouch und einem Schreibtisch. Auch das große Buffet und die Vitrine aus polierter Esche fanden darin Platz. Ebenso der ausziehbare Tisch und die dazugehörigen vier Stühle.

Meine Eltern zogen zunächst mit meiner Schwester in das Schlafzimmer. Das halbe Zimmer erhielt ein Sofa und zwei Sessel nebst Tischchen und später das erste Fernsehgerät, einen Rembrandt mit 10-Zoll-Bildschirm.

Obwohl der Umzug während der Großen Ferien stattfand, war der Möbelwagen schon nach kurzer Zeit umringt von einer neugierigen Kinderschar.

Unter ihnen war auch ein kleines, dunkelhaariges Mädchen, das etwa in meinem Alter war. Ich wunderte mich nicht, als sie am nächsten Tag wieder vor unserem Haus auftauchte und mich ansprach.

„Wo kommt ihr her? Wie alt bist du? In welche Klasse kommst du?"

Ich fand, sie sei ziemlich neugierig. Als sie aber fragte."Wollen wir Freunde sein?", sagte ich sofort „Ja".

Nachdem wir uns eingerichtet hatten, eilte ich auf die Straße, wo meine neue Freundin schon auf mich wartete. Dank ihrer Hilfe lebte ich mich schnell in der neuen Umgebung ein.

Als ich im September den Klassenraum der 7b der „Runge-Schule" betrat, war ich daher nicht so schüchtern und befangen wie bei den

Schulwechseln der Vergangenheit. Ich ging zielstrebig auf Ingrid zu und stellte mich den sie umringenden Mitschülern als „die Neue" vor.

Bald waren wir eine kleine Clique von zwei Jungen und drei Mädchen, die allen möglichen Unsinn ausheckte. Sobald wir die Schularbeiten erledigt hatten, trafen wir uns zumeist am Lehnitzsee oder bei Ingrid.

Meine Mutter beobachtete das mit Argwohn. Ich war jetzt in der Pubertät und nahm ihre Wünsche und Aufträge nicht mehr widerspruchslos entgegen. Häufig entspann sich eine hitzige Debatte. Meine Mutter war jedoch nicht gewillt, sich das Heft aus der Hand nehmen zu lassen. Sie hatte eine „lockere Hand", wie man so schön sagte, und da gab es dann öfter mal eine Backpfeife oder mehr.

Mein Vater hielt sich aus meiner Erziehung weitestgehend heraus. Er las zwar alle meine

Bücher diagonal, um zu wissen, wes Geistes Kind sie waren, überließ aber alles Andere meiner Mutter.

Ein Ergebnis seiner Buchrecherche war, dass ich einen Spitznamen erhielt, der mir z.T. heute noch anhaftet.

Zum Glück wissen nur wenige meiner Klassenkameraden, was es damit auf sich hatte. In dem besagten Buch kam ein Mädchen namens „Manka" vor, das seinen Eltern dadurch Kummer bereitete, dass es widerspenstig, faul und unordentlich war. Mein Vater fand da gewisse Parallelen.

Nun konnte zwar niemand sagen, dass ich faul war, zumindest nicht, was die Schule betraf, aber etwas Wahres war an der Geschichte schon dran.

Mein häuslicher Eifer hielt sich in Grenzen. Am wenigsten beflissen zeigte ich mich, wenn meine Mutter mir schon an der Wohnungstür das Einkaufsnetz (damals ging man noch mit Tasche und Netz von Laden zu Laden) entgegenhielt, weil sie noch dringend etwas für das Mittagessen brauchte.

Als Hausfrau kochte sie jeden Tag und das gut und schmackhaft, auch, weil mein Vater mittags zum Essen nach Hause kam.

Wenn ich aus der Schule kam, hatte ich schon Kohldampf und hätte es lieber gesehen, wenn ich mich hätte an einen gedeckten Tisch setzen können. So zog ich eine Grimasse und ging maulend davon.

In der achten Klasse fuhren meine Klassenkameraden nach Berlin zur Tanzschule. Meine Eltern erlaubten es mir nicht.

Um zur Tanzschule zu kommen, musste man mit der S-Bahn einige Stationen durch Westberlin fahren. An der Grenze wurden die Reisenden regelmäßig kontrolliert. Man musste den Personalausweis vorzeigen und im schlimmsten Fall auch seine Einkäufe ausbreiten. Das hätte mich alles nicht gestört. Ich wollte ja nur zum Tanzen. Aber es half alles Bitten nichts, ich durfte nicht mit.

Als wir uns dann später in der Clique trafen, versuchten meine Freunde, mir ein paar Schritte beizubringen, aber wir hatten noch keine Kassettenrekorder und selbst für einen Schallplattenspieler hatte es bei meinen Freunden nicht gereicht.

Einmal überredete mich Ingrid, wenigstens mit ins Kino zu kommen. Ihre Eltern waren verreist und ich durfte bei ihr übernachten.

In Oranienburg gab es mehrere Kinos, aber dieser eine Film wurde nur in Westberlin gespielt. Ich weiß nicht mehr, wie er hieß und um was es da ging, aber wir fuhren froh beschwingt wieder zurück.

Kaum waren wir bei Ingrid angekommen, da klingelte es Sturm. Vor der Tür stand meine Mutter.

„Ist Monika hier?" „Ja". Ich näherte mich vorsichtig der Tür. „Du kommst sofort mit mir nach Hause."

Mehr sagte meine Mutter nicht. Ausnahmsweise rutschte ihr auch die Hand nicht aus, als wir zu Hause ankamen. Wortlos ließ sie mich ins Bett gehen. Erst am nächsten Tag ließ sie sich berichten. Dann sagte sie: "Dein Geburtstag fällt dieses Jahr aus".

Das war bitter. Es waren nur noch wenige Tage bis zu meinem Geburtstag und ich hatte schon alle meine Freunde eingeladen. Es war mir sehr peinlich, ihnen sagen zu müssen, warum nun keine Geburtstagsfeier stattfindet.

Als ich dann an meinem Geburtstag einen neuen Pullover auf meinem Schreibtisch vorfand, war ich so gerührt, dass ich in Tränen ausbrach. Mit einem Geschenk hatte ich überhaupt nicht gerechnet.

Später habe ich meine Mutter mal gefragt, woher sie wusste, dass wir im Kino gewesen waren. Sie hatte es nicht gewusst, aber da kein Licht in der Wohnung meiner Freundin zu sehen gewesen war, ahnte sie, dass wir nicht zu Hause waren. Das hatte genügt.

Mit der Beendigung der Grundschule endete auch meine Freundschaft mit Ingrid. Sie wollte einen Beruf erlernen. Ich wollte die Oberschule besuchen. Aber noch während der letzten Großen Ferien war sie plötzlich verschwunden. Ihre Eltern waren in den Westen „abgehauen", wie man damals sagte.

Auch mein erster Freund ging mir auf diese Weise verloren. Wolfgang gehörte zu unserer Clique und war ein Hans Dampf in allen Gassen. Er flirtete mal mit der Einen, mal mit der

Anderen. Irgendwann war ich an der Reihe. Da ich ihn mochte und gern einen Freund gehabt hätte, ließ ich mich gern beliebäugeln.

Es war im Grunde eine harmlose Sache, denn außer Händchen halten bei gemeinsamen Spaziergängen und romantischen Schwärmereien gab es keine Vertraulichkeiten. Nur einmal, auf dem Weg zum Lehnitzsee, zerrte er mich plötzlich in die Büsche und drückte mir einen Kuss auf die Wange.

„Ich kann nicht anders", hauchte er. Das hatte er wohl im Kino gesehen. Heute muss ich darüber lächeln, aber damals war ich hoch beglückt. Und dann war er weg.

Ich hatte keine Zeit zu trauern. Ich fuhr das erste und einzige Mal mit meinen Eltern und meiner Schwester in Urlaub, nach Ungarn an den Balaton. Ich kann mich, ehrlich gesagt, kaum daran erinnern, aber meine Schwester sagt, sie hätte noch Fotos aus diesem Urlaub.

Dafür ist mir die Aufnahme in die Oberschule um so besser in Erinnerung. Die annähernd 100 Schüler meines Jahrgangs wurden in der Aula der Runge-Oberschule versammelt. Auf dem Podest saßen der Direktor und die drei Klassenlehrer der künftigen 9a, 9b1 und 9b2.

Die A-Klasse war sprachlich orientiert. Die beiden B-Klassen vertraten die naturwissenschaftliche Linie. Um zu entscheiden, wer in welche Klasse kommen sollte, wurden die künftigen Schüler in alphabetischer Reihenfolge nach ihren Studienwünschen befragt, die sie bei erfolgreichem Abschluss einmal anvisierten.

Einer nach dem Anderen erhob sich und nannte laut und deutlich seinen Namen und seine Studienrichtung.

Ich wollte zu jener Zeit gern Kapitän auf einem Handelsschiff werden, obwohl mir die

Schulärztin bei der obligatorischen Untersuchung an die Stirn getippt hatte und meinte, dass solle ich mir mal gleich aus dem Kopf schlagen.

Als ich nun aufgerufen wurde, war ich so überrascht, dass mir das Studienfach Astronautik nicht gleich einfiel. Statt dessen sagte ich Astronomie. Mehrere Mitschüler drehten sich erstaunt nach mir um. Auch die Lehrer und der Direktor sahen mich verwundert an. Schließlich meinte einer:

"Am besten nehmen wir dich mal in die 9b1. Später werden wir weiter sehen."

Unter den künftigen Oberschülern saß auch Harald, mein späterer Ehemann. Er dachte damals:"Was ist denn das für eine?"

Die Entscheidung, mich in dem naturwissenschaftlichen Zweig zu unterrichten, hatte für meine spätere berufliche Entwicklung keine Bedeutung, denn ich studierte zunächst überhaupt nicht. Aber dazu später.

Ich lebte nun schon fünf Jahre bei meinen Eltern und hatte nur noch wenig Verbindung zu meinen Großeltern. Meine Eltern hatten sich mit ihren Eltern entzweit und ich hatte andere Prioritäten. Nur zu den Feiertagen und zum Geburtstag schrieb ich mal einen Brief oder eine Karte. Ein Telefon besaßen weder sie noch wir und das Handy war noch nicht erfunden. Daran ermahne ich mich zu denken, wenn meine Enkelkinder lange Zeit nichts von sich hören lassen. Dann ergreife ich die Initiative.

Dessen ungeachtet war meine Oma sofort zur Stelle, als meine Mutter wegen einer Fehlgeburt ins Krankenhaus musste. Obwohl ihr meine Schwester nahezu unbekannt war, kümmerte sie sich um sie, während ich in der Schule war. Sie kam auch mit der Nachbarin ins Gespräch und war entsetzt, als sie erfuhr, dass meine Erziehung offenbar nicht immer problemlos war und häufig mit schlagkräftigen Argumenten einherging.

In dem Bemühen, mir etwas Gutes zu tun, tat sie etwas, was den endgültigen Bruch mit meinen Eltern herbeiführte.

Sie meldete sich bei meinem Klassenlehrer in der Schule an und bat um seine Unterstützung, damit er auf meine Eltern einwirken möge.

Mit mir oder meiner Mutter hatte sie nicht gesprochen. Mit meinem Vater hatte sie ohnehin nichts am Hut.

Wie peinlich muss es ihnen gewesen sein, vom Klassenlehrer ihrer Tochter zu erfahren, dass sie das Kind - also mich - nicht pädagogisch einwandfrei erziehen konnten.

Seitdem war das schmale Band zu meinen Großeltern für sie zerrissen. Ich erfuhr damals wenig von den Zusammenhängen, erkannte nur den absoluten Bruch.

Meine Oma reiste unverzüglich ab. Als mein Opa ein Jahr später verstarb, fuhr ich alleine nach Dresden, ohne auch nur einen Beileidsgruß mitzunehmen.

Jahre später lud ich meine Oma zu unserer Hochzeit ein. Ich hegte die Hoffnung, die Zeit hätte die Wunden geheilt, aber meine Eltern hatten keinen Blick für sie und sprachen kein Wort mit ihr.

Die vierjährige Oberschulzeit verging wie im Fluge.

Nach der neunten Klasse wechselten wir in ein anderes Schulgebäude. Aus der „Oberschule" war inzwischen die „Erweiterte polytechnische Oberschule" geworden.

Aus der Grundschule wurde die 10-klassige „Polytechnische Oberschule".

Mitschüler, die uns nach der zehnten Klasse

verließen, erhielten die „Mittlere Reife".

Das waren im Grunde nur Namensänderungen.

Am Lehrstoff änderte das wenig.

Allerdings hatten wir ab der zehnten Klasse einmal in der Woche „Unterricht in der Produktion". Dazu pilgerten wir in das Kaltwalzwerk am Rande der Stadt und übernahmen Hilfsarbeiten in der Konsumgüterproduktion.

Ich bekam einen Arbeitsplatz an einer Stanze, die mittels Hebelbewegung kleine Löcher in die Streben von Regenschirmen trieb.

Das war eine schmutzige und stumpfsinnige Arbeit, die uns aber klar machte, dass der Arbeitsalltag für viele Menschen kein Zuckerschlecken ist, denn sie musste auch in einer bestimmten Zeit mit einer bestimmten Stückzahl bewältigt werden. Die Gehälter waren ohnehin nicht hoch.

Mit Ausnahme des Direktors, der mit seiner engstirnigen Auffassung und seiner unmodischen Kleidung bei den Schülern allgemein nicht sehr beliebt war, fanden wir unsere Lehrer ganz in Ordnung.

Am Schuljahresende, wenn die Zensuren längst feststanden, fanden sie schöne Methoden, um den Unterricht zu beleben. Unser Klassenlehrer führte uns mit dem Buch „Ein Yankee an König Artus Hof" mit dem Wissen von heute ins Mittelalter, was sehr unterhaltsam war.

Unser Geschichtslehrer, der seine Freizeit auf einem Segelboot verbrachte, sang mit uns „My Bonnie is over the ocean..."

Mit der „Englisch-Miss" machten wir einen Klassenausflug nach Dresden und in die Sächsische Schweiz.

Wir spielten Handball in der Schülermannschaft und fuhren zum Wintersport ins Erzgebirge.

Ich wurde Mitglied der GST (Gesellschaft für Sport und Technik) und erlernte das Morsealphabet in der Sparte Funken.

In der zehnten Klasse befreundete ich mich mit Harald und wechselte in den ASV (Armeesportverein), Sektion Fechten.

Wir sangen gemeinsam im Schulchor und fanden noch etliche andere Gemeinsamkeiten. Schließlich verliebten wir uns ineinander und suchten nach Wegen, so oft, wie möglich, zusammen zu sein.

Unter dem Vorwand, Hilfe bei den Matheaufgaben zu benötigen, lud ich Harald zu uns nach Hause ein. Meine Mutter sah es mit gemischten Gefühlen.

Da Harald aber seine Aufgabe sehr ernst nahm und sie bei ihren unverhofften Kontrollbesuchen in meinem Zimmer nichts Verdächtiges bemerken konnte, akzeptierte sie schließlich, dass ich einen Freund hatte.

Sie versorgte uns sogar mit ihrem vorzüglichen Kartoffelsalat, wenn wir zum Baden an den Lehnitzsee fuhren, allerdings nicht, ohne Harald zuvor noch eindringlich auf seine moralische Verantwortung hinzuweisen.

Dem kamen wir mit Augenzwinkern nach.

Da wir weder in der Schule noch durch unsere Eltern aufgeklärt wurden, lasen wir gemeinsam Dr. Schnabels „Du und ich", das damals einzige Buch, das sich mit dem jugendlichen Sexualthema befasste. Wir bekamen beim Lesen rote Ohren, probierten aber doch das Eine oder Andere aus.

Wenn das Wetter schön war, trafen wir uns am Wochenende manchmal auch in Birkenwerder an der Briese, wo über die Sommermonate in einem klapprigen Bootsschuppen ein Paddelboot auf uns wartete. Es gehörte Haralds Bruder, aber wir durften es ab und an nutzen.

Mit dem Pouch paddelten wir bis zur Einmündung in die Havel und genossen die herrliche Ruhe und Zweisamkeit.

Kurz vor dem Abitur erhielten meine Eltern eine größere Wohnung und wir zogen ein weiteres Mal um. Diesmal nicht mit einem Umzugsunternehmen, sondern zu Fuß, mit einem Handwagen und für die größeren Möbelstücke mit einem Barkas, einem Kleintransporter, den mein Vater für diesen Zweck organisiert hatte.

Wir blieben in der gleichen Straße, zogen nur ein paar Häuser weiter in eine größere Wohnung. Dort bezog ich ein eigenes Zimmer. Auch meine Schwester bekam ein Zimmerchen für sich. Wir sahen uns jedoch meistens nur zu den Mahlzeiten. Eigentlich lebten wir nebeneinander her, ohne enge geschwisterliche Beziehung.

Meine Anschrift lautete nun:

Oranienburg, Freienwalder Straße 30

Wenn ich nicht mit Harald zusammen war, hielt ich mich bei meiner Freundin Marianne auf. Sie war eine geduldige Zuhörerin und besonnene Ratgeberin. Mit ihr besprach ich meine Sorgen und Nöte und schmiedete Zukunftspläne.
Den Traum vom Kapitän hatte ich schon lange aufgegeben. Als die Zeit der Studienwahl gekommen war, schwankte ich zwischen der Ausbildung als Dolmetscherin oder Lehrerin.

Die Entscheidung wurde mir von meinem Vater abgenommen.
In dem Monat vor dem Abitur erreichte die Schule ein Rundschreiben der damaligen „Deutschen Lufthansa", die Stewardessen

(heute Flugbegleiter) suchte.

Marianne fand das sehr interessant und bewarb sich.

Ich hatte das Rundschreiben in meine Schultasche gesteckt, dachte aber, dass ich bei einer Bewerbung kaum eine Chance hätte. Ich glaubte, dass Schönheit und Eleganz ausschlaggebende Kriterien für die Auswahl seien.

Damals wusste ich noch nichts von „Vitamin B". Mein Vater schon. Er kannte jemanden von der Personalverwaltung. Ich vermute, dass seine Einflussnahme dazu führte, dass meine Freundin Marianne abgelehnt, ich dagegen angenommen wurde.

Marianne hat dann Medizin studiert und ist eine angesehene Kinderärztin geworden.

Mein Freund Harald wäre gern zur See gefahren, aber die Handelsmarine kam für ihn aus familiären Gründen nicht in Betracht. Seine

Tante, die Schwester seines Vaters, lebte mit ihrer Familie in Westberlin. Westkontakte waren ein No Go, wie man heute sagen würde.

Er entschied sich schließlich für eine Laufbahn in der Volksmarine.

Obwohl wir räumlich nicht weiter voneinander entfernt hätten sein können, versprachen wir uns, zusammen zu bleiben.

Mit dem Einstieg in das Berufsleben beginnt ein weiterer roter Faden, den ich hier aber nicht intensiv verfolgen möchte. Ich habe meine Erinnerungen darüber bereits in meinem Buch „Als Fliegen noch nicht alltäglich war" aufgeschrieben. Es bleibt jedoch nicht aus, dass sich die Fäden berühren und eine gemeinsame Richtung nehmen.

Im August 1960 verließ ich für immer mein Elternhaus. Mein Vater hatte mir in

Schulzendorf, Bahnhofstraße 35

ein möbliertes Zimmer bei einer alten Dame besorgt.

Schulzendorf ist ein langgezogener Ort südöstlich von Berlin mit einem S-Bahn-Anschluss.

Meine Wirtin, schon 75 Jahre alt, fuhr jeden Tag mit dem Fahrrad bis zur S-Bahn und dann weiter nach Königswusterhausen, wo sie als Beschließerin (Verantwortliche für die Hotelwäsche) in einem Hotel am Bahnhof arbeitete.

Da ich kein Fahrrad hatte, lief ich die eineinhalb Kilometer und fuhr dann mit der S-Bahn in die entgegengesetzte Richtung bis Grünau, wo ich in den Doppelstockbus nach Schönefeld umstieg und zum Flughafen fuhr. Die Betriebsakademie befand sich in Schönefeld - Diepensee.

Das war umständlich und dauerte bei gutem Anschluss mehr als eine Stunde. Hätte es eine Buslinie direkt nach Schönefeld gegeben, wäre ich schon nach fünfzehn Minuten da gewesen, denn die beiden Ortschaften liegen auf der Landkarte dicht hintereinander.

Wenn ich nach einem, für mich noch ungewohnten, Arbeitstag in meiner Unterkunft ankam, war ich schon ziemlich müde und begab mich bald ins Bett.

Es war ohnehin nicht verlockend, lange auf zu bleiben, denn das Zimmerchen hatte außer einem Schrank, einem Bett und einem Stuhl keine Annehmlichkeiten zu bieten. Es lag unter dem Dach und wurde nicht beheizt. Das Federbett war klamm und ich brauchte lange, um warm zu werden.

Noch schlimmer war es am Morgen. Da musste ich zum Waschen in den Keller. Dort stand eine emaillierte Wasserkanne und eine dazu passende Waschschüssel auf einem altmodischen Gestell. An manchen Tagen war das Wasser von einer dünnen Eisschicht überzogen. Dann zog ich es vor, ungewaschen zum Betrieb zu fahren.

Es war für mich wie eine Erlösung, als mir Frau Wirtin nach vier Monaten mitteilte, mein Vater hätte eine andere Bleibe für mich gefunden. Sie hatte sich bei ihm beschwert, dass ich zu viel schlafe. Sie bräuchte jemanden, mit dem sie sich unterhalten könnte.

Selbstverständlich war sie auch eine gute Genossin, sonst hätte mein Vater sie nicht gekannt.

Mitunter kam sie erst gegen 22.00 Uhr von irgendeiner wichtigen Versammlung zurück und hatte dann das Bedürfnis, mit mir darüber zu sprechen. Sie weckte mich und berichtete aufgeregt, was für interessante Fragen und Probleme sie beraten hätten. Ihr ganzer Körper vibrierte und ihre Augen drehten sich wie Kreisel.

Mein schläfriges Desinteresse brachte sie noch mehr in Schwung und dann konnte sie die ganze Nacht nicht schlafen, was sie mir am folgenden Morgen an den Kopf warf.

Meine neue Bleibe war nur ein paar hundert Meter weiter in

Schulzendorf, Bahnhofstrasse 117.

Es war ein Mansardenzimmer in einem Einfamilienhaus bei einem Ehepaar ohne Kinder. Er war der Ortsparteisekretär, sie Hausfrau.

Ich war nicht traurig, mich von meiner ersten Wirtin verabschieden zu müssen.

Als ich mich den neuen Wirtsleuten vorstellte, duftete es im ganzen Haus nach frischem Brot. Ich sah mir das Zimmer an und erhielt die Erlaubnis, meine Möbel aus Oranienburg zu holen, denn es handelte sich um ein Leerzimmer. Die Lufthansa stellte mir einen Lkw mit Fahrer. Wir beide holten aus Oranienburg meine Schlafcouch, den Schreibtisch nebst Stuhl und ein kleines Regal. Mehr passte auch gar nicht in das Zimmerchen.

Es war nicht leicht, die schweren Möbel zu zweit unter das Dach zu transportieren, denn die Treppe war halb gewendelt.

Besondere Schwierigkeiten hatten wir mit der Schlafcouch. Wir mussten sie beinahe hochkant stellen, um sie um die Ecke zu bugsieren.

Wie wir uns nun so schön – ich halb unten, der Fahrer halb oben – mühsam Stufe für Stufe hoch schoben, kam Frau Wirtin von oben und begann eine hochnotpeinliche Befragung des

Kraftfahrers.

„Wie heißen Sie?, Wie alt sind Sie?, Sind Sie verheiratet?" Der Fahrer beantwortete brav alle Fragen. Dann brach es aus ihr heraus:

"Das Eine will ich Ihnen sagen, ich dulde in meinem Haus keine Männerbekanntschaften!" Sprach`s und schob sich zwischen Couch und Geländer an uns vorbei nach unten. Wir wussten beide nicht, wie uns geschah. Eigentlich kannten wir uns gar nicht. Der Kraftfahrer nahm´s mit Humor und grinste mich an. „Na, dann wollen wir mal wieder." Was für ein gelungener Auftakt für ein gemeinsames Miteinander!

Das hatten meine Wirtsleute tatsächlich im Sinn, denn sie luden mich zum Essen ein und als ich das frische Weißbrot und das selbst gemachte Schmalz lobte, erbot sich meine Wirtin, mich gegen einen kleinen Obulus (etwa ein Drittel meines damaligen Verdienstes) zu beköstigen. Das erschien mir sehr großzügig.

Ich hatte keine Ahnung, wie viel man als alleinstehender Mensch für seinen Lebensunterhalt benötigt.

Drei Wochen später kündigte ich die Übereinkunft.

Ich hatte das tägliche Weißbrot mit Schmalz gründlich satt. In der Betriebsschule tauschte ich mein Brot gegen ordentliche Stullen mit Wurst oder Käse.

Das Mittagessen nahm ich ohnehin in der Betriebskantine ein und bezahlte dafür 25 Mark im Monat. Aus dieser Sicht war der Preis für Kost und Logis total überhöht.

Etwas später geriet ich mit meinen Wirtsleuten in Streit.

Mein Vater ließ ausrichten, dass er mich an meinem nächsten freien Tag in Oranienburg zu sehen wünsche. Das war seltsam, denn, wenn ich an anderen Tagen die Absicht hatte, mich einmal zu Hause verwöhnen zu lassen, gab es immer irgendwelche wichtigen Dinge oder Ereignisse, die das verhinderten.

Ich fuhr also mit gemischten Gefühlen nach Hause.

Mein Vater erwartete mich mit der Frage, was ich denn in Westberlin zu suchen gehabt hätte. Ich verstand ihn nicht. Westberlin? Wieso? Ich war noch nie in Westberlin gewesen. Woher hätte ich dann den Pullover mit einem Westlabel?

Welchen Pullover? Ach, den blauen. Den hatte ich von meiner Freundin Erika. Er war ihr zu klein und da hatte sie ihn mir geschenkt. Woher sie ihn hat? Das weiß ich doch nicht. Ich hatte sie nicht gefragt. Ich wusste gar nicht, dass er aus dem Westen ist. Woher weiß er das eigentlich?

Es stellte sich heraus, dass Frau Wirtin, ohne mich zu fragen, meine Wäsche zum Waschen an sich genommen hatte. Dabei fiel ihr der Pullover in die Hände. Mit mir zu reden, hielt sie nicht für nötig. Sie wandte sich lieber gleich an meinen Vater.

Ich kann nicht sagen, dass dieses Ereignis das Klima zwischen mir und den Wirtsleuten verbesserte.

Die Nase hatte ich endgültig voll, als ich in meinem Dachstübchen gemeinsam mit einer Freundin für die Prüfungen lernte.

Frau Wirtin unterstellte uns, dass wir mit den Ohren am Boden lägen, um die internen Gespräche, die ihr Mann mit den Genossen der Ortsparteigruppe führte, belauschen zu können.

Sie untersagte mir alle weiteren Besuche, von wem auch immer.

Da platzte mir der Kragen.

Diesmal suchte ich mir selbst eine andere Unterkunft und fand sie ein Stück weiter in

Schulzendorf, Birkenweg 5

Es handelte sich um ein winterfestes Gartenhaus - kleines Zimmer und noch kleinere Küche – ohne fließendes Wasser, mit einem Herzhäuschen im hinteren Teil des Gartens.
Der Besitzer, ein alleinstehender Herr in den Fünfzigern, überließ mir die Behausung für 10,00 Mark im Monat.

Inzwischen hatten wir den Stewardessengrundlehrgang abgeschlossen und traten in den Flugdienst. Damit einher gingen völlig unregelmäßige Arbeitszeiten.
Als fliegendes Personal mussten wir immer zwei Stunden vor Start der Maschine an Bord

sein, um die Passagierkabine vorzubereiten, das Bordbuffet einzuräumen und die Passagiere nach dem Einstieg begrüßen und auf ihren Platz geleiten zu können.

In der Nacht fuhren die S-Bahn und auch der Bus in größeren Abständen, wenn überhaupt. Da ab und zu auch mal ein Anschluss ganz ausfiel, bedeutete das, mich mindestens dreieinhalb Stunden vor dem Start in die Spur zu begeben.

Am Tage war das nicht so problematisch, aber bei Flügen in den frühen Morgenstunden hieß es, mitten in der Nacht aufzustehen.

Abgesehen davon, dass ich sowieso eine rechte Schlafmütze war, hatte ich Schwierigkeiten mit dem Einschlafen und befand mich zumeist im Tiefschlaf, wenn der Wecker klingelte.

Alle meine Versuche, das Läuten durch kunstvolle Konstruktionen aus Töpfen und Tellern, Gläsern und Löffeln zu verstärken, erwiesen sich als wirkungslos. Deshalb kam es anfangs häufig vor, dass ich die entsprechenden Anschlüsse verpasste und die Positionslichter des Flugzeugs nur noch von hinten auf der Startbahn sah.

Für die Kolleginnen und Kollegen, die im Bereitschaftsdienst waren, war ich ein rotes Tuch.

An die unregelmäßige Arbeitszeit gewöhnte ich mich mit der Zeit, was mit wachsender Pünktlichkeit einherging. Aber der Zeitaufwand für die Anfahrt konnte nur durch eine Ortsveränderung minimiert werden.

Der nächste Umzug stand an.

Die Lufthansa war inzwischen Geschichte. Ein verlorener Prozess gegen die Lufthansa, die in den westlichen Landesteilen ihren Hauptsitz hatte, untersagte den weiteren Gebrauch des Namens für den Osten.

Ab sofort war mein Betrieb die Interflug. Außer dem Namen änderte sich für uns nichts. Das stimmt nicht ganz, denn wir tauschten die himmelblauen taillierten Kostüme gegen ein modisches Ensemble, Rock und legere Jacke, aus synthetischem Material in graugrün.

Die Interflug hatte im Zusammenwirken mit den örtlichen Behörden eine Vereinbarung über die bevorzugte Bereitstellung von Wohnraum für ihre Mitarbeiter getroffen. Davon profitierte jetzt auch ich und zwei weitere Kolleginnen aus meiner Flugstaffel. Jede von uns erhielt eine schwer vermietbare Einraumwohnung in

Berlin-Grünau, Regattastraße 110

Es handelte sich bei dem Haus um einen Altbau aus dem 19. Jahrhundert, der einmal als

Marstall genutzt worden sein soll.

Im Abstand von zwanzig Minuten fuhr hier die Straßenbahn vorbei. Dann erzitterte das ganze Haus und die Gläser klirrten in der Vitrine. Das kümmerte uns nicht. Wir bezogen die Mansarden und waren glücklich, einen Wohnraum gefunden zu haben, bei dessen Nutzung kein Vermieter ein Wörtchen mitzureden hatte.

Meine Möbel hatte ich im Gartenhaus zurück gelassen. Von meinem für damalige Verhältnisse üppigen Einkommen von 350,00 Mark plus Kilometergeld, hatte ich jeden Monat 50,00 Mark bei einem Prämiensparen eingezahlt, das ich nun für den Möbelkauf in Anspruch nehmen konnte.

Auch Harald, mein Verlobter, hatte gespart. Gemeinsam kauften wir zwei Klappliegen, einen Eck- und einen Kleiderschrank sowie eine Vitrine der Möbelserie „Universal", die wie maßgeschneidert in das Zimmer passten.

Die Mansarde hatte einen bemerkenswert schönen Kachelofen. Lindgrüne Kacheln ruhten auf einem verzierten Sockel und endeten unter der Decke in einem Blütenkranz. Die Mitte markierte eine Zierkachel , ebenfalls mit einem Blütenornament. Er war sehr schön anzusehen. Leider funktionierte er nicht auch so schön. Es dauerte eine Ewigkeit, bis er warm wurde und verbrauchte unerlaubt viele Kohlen, die es damals noch auf Bezugsschein gab.

Zur Wohnung gehörte ein kleiner Vorraum, den ich als Küche nutzte.

Zwei elektrische Kochplatten ersetzten den Herd und ein Abwaschtisch mit einem darunter gestellten Eimer den Ausguss.

Fließendes Wasser hatten wir auf der Etage im Hausflur. Kalt natürlich.

Die Toiletten waren Plumpsklos und befanden

sich auf dem Hof. Sie sollten eigentlich von der Hausmeisterfamilie gereinigt werden, aber die hatte Mühe, ihre beiden kleinen Kinder in den Pausen zwischen ihren Alkoholgelagen zu versorgen. Wenn sie mal nüchtern waren, stritten sie lautstark über die Aufteilung der Arbeit.

Nur knapp zehn Minuten entfernt befanden sich am S-Bahnhof Grünau öffentliche Toiletten mit Wasserspülung. Dort war es warm und sauber.

Die Bretterbude auf dem Hof ignorierte ich. Ebenso wie die Betrunkenen, die nach einer durchzechten Nacht die dunkle Hofeinfahrt nutzten, um sich zu entleeren.

Meine beiden Mitbewohnerinnen machten es ebenso.

Wir verstanden uns gut und halfen uns gegenseitig. Wir waren das „Drei-Mädel-Haus". Manche fröhliche Feier ging bei uns über die

Bühne. Aber es blieb alles im Rahmen.

Nur ein Mal schlugen wir über die Stränge. Wir waren von einem Nachtflug zurück gekommen. Es war gegen 10.00 Uhr morgens als sich die ganze Besatzung im „Gesellschaftshaus", einem beliebten Gartenrestaurant einfand.

Der Navigator hatte Geburtstag und wir wollten nur gemeinsam anstoßen. Doch dann wurde aus einem Glas Sekt eine Flasche und dazu noch ein Kognak. Die Stimmung war locker und fröhlich und zunehmend lauter. Zwei Stunden gingen schnell vorbei und bald machte sich der Magen bemerkbar. Wir waren nicht mehr nüchtern genug, um ohne aufzufallen in der Gaststätte bleiben zu können.

Der Navigator hatte für seine häusliche Feier bereits eine stattliche Anzahl Bockwürste gekauft und ich wohnte ja gleich gegenüber. Also zogen wir in meine Behausung.

Aus der einen Flasche Kognak wurden zwei

oder auch drei. Auch die Anzahl der Sektflaschen hatte sich vermehrt. Eine tödliche Kombination.

Wir hockten zu acht auf meinen Liegen, erzählten Witze und Anekdoten und diskutierten über alles und nichts.

Ruck, zuck war es Abend geworden.

Die Ersten dachten schon über das Abendbrot nach, als es heftig an der Tür klopfte. Davor stand die Frau unseres Kommandanten. Irgendwoher hatte sie erfahren, dass sich ihr pünktlich gelandeter, aber seither verschollener Gatte in der Regattastraße 110 aufhielt. Jetzt ließ sie ordentlich Dampf ab und trieb ihren Mann nach Hause.

Die Ernüchterung folgte auf dem Fuße. Wir beendeten die fröhliche Sause.

Eine weitere kleine Nachwirkung hatte das Vergnügen allerdings, als Harald unerwartet auf Urlaub kam.

Mit Erstaunen und Stirnrunzeln betrachtete er die Flaschensammlung in meiner kleinen Küche. Es kostete mich einige Überredungskünste, um ihn von der Harmlosigkeit unserer Fete zu überzeugen.

In der Regattastraße bewirtete ich auch das erste Mal meine künftige Schwiegermutter.

Ich wollte es besonders gut machen und kaufte Rouladen und dazu Rotkohl.

Sie war eine gute Köchin. Ich wollte da nicht nachstehen.

Allerdings hatte mir keiner das Kochen beigebracht. Mein Lehrmeister hieß „Wir kochen gut". Es war alles verständlich beschrieben und so machte ich mich an die Arbeit.

Was fehlte, war nur eine genaue Zeitangabe, wie lange was gekocht oder gebraten werden sollte. Mein Zwei-Platten-Herd erforderte dazu eine besondere Logistik. Trotzdem gelang das

Menü recht gut.

Die Rouladen fielen zwar fast auseinander, aber das war nicht so schlimm. Die Kartoffeln hatte ich schon abgegossen, gedämpft und dann unter mein Federbett gesteckt, um sie warm zu halten. Jetzt stand nur noch der Rotkohl auf der Platte.

Meine Schwiegermutter kam und besah sich mein Heim. Dann geriet sie ins Erzählen und zeigte mir, was sie bei der erfolgreich verlaufenen Einkaufstour in Berlin erworben hatte. Wir schwatzten bis uns ein brenzliger Geruch aus der Küche erreichte.

Mein Rotkohl! Schwarz wie die Nacht. Der Topf auch. Beißender Rauch qualmte daraus hervor. Es war nichts mehr zu retten.

Platte aus, Dachluke auf, Topf samt Inhalt in den Müll.

Die Rouladen schmeckten trotzdem, auch ohne Rotkohl.

Und geheiratet haben wir auch, Harald und ich,

ein Jahr später, im Juli 1964.

Unsere Liebe hatte Bestand, obwohl die äußeren Bedingungen nicht gerade die besten waren.

Harald hatte sich nach seiner Ausbildung als Funker auf dem Dänholm bei Stralsund als Längerdienender verpflichtet und wenig später die Gelegenheit wahrgenommen, die Offiziersschule in Stralsund zu besuchen.

Vor drei Jahren wurde er dann zu einem Auslandsstudium in die Sowjetunion delegiert.

Ich weiß noch, wie überrascht ich war, als er schon wenige Tage nach unserem Sommerurlaub plötzlich auf dem Flugplatz erschien, um sich zu verabschieden und mir mitzuteilen, dass er für die nächsten fünf Jahre schwer erreichbar sein würde.

Er wusste noch nicht genau, wohin es ihn verschlagen würde, aber dass er nur zwei Mal im Jahr Heimaturlaub bekäme, war schon bekannt.

Ich sah ihn ungläubig an. Konnte die Tragweite dieser Mitteilung gar nicht so schnell erfassen. Erst als nach vier Wochen eine schnell im Zug geschriebene Karte aus Kiew und nach weiteren drei Wochen der erste Brief aus Baku eintraf, wurde mir bewusst, dass meine Jugendliebe durch tausende Kilometer entfernt erst mal auf Eis gelegt wurde.

Dabei hätte ich gerade in der ersten Zeit, als ich noch in der IL-14-Staffel war, Trost und Zuspruch gut gebrauchen können, denn die Fliegerei setzte mir ganz schön zu. Es gab kaum einen Flug, auf dem ich ohne die berüchtigten Spucktüten auskam.

Ich vertrug die niedrigen Druckverhältnisse der IL-14, die in der Regel zwischen 2500 und 3000 Meter Höhe ohne Druckkabine geflogen wurde, nicht und wollte schon den Beruf aufgeben.

Glücklicherweise wurde ich dann der IL-18-Staffel zugeteilt und die Übelkeit legte sich. Die IL-18 hatte eine Druckkabine und außerdem arbeiteten wir zu dritt.

Jetzt erst konnte ich die Möglichkeiten, die die Fliegerei mir bot, richtig wahrnehmen und genießen.

Trotzdem fehlte mir Harald sehr, denn nach Feierabend oder an freien Tagen allein mit meinen Kolleginnen etwas zu unternehmen oder tanzen zu gehen, machte mir keinen Spaß. Außerdem waren meine Freundinnen nicht mehr solo, hatten feste Beziehungen und da war ich nur fünftes Rad am Wagen.

Ich sehnte die wenigen halbjährlichen Urlaubstage herbei und bemühte mich darum, die „Bakunesen", die nun nicht mehr mit dem Zug, sondern per Flugzeug ihre Ausbildungsstätte erreichten, schon in Moskau in Empfang zu nehmen, bzw. bis Moskau zu begleiten. In den meisten Fällen gelang mir das auch und wir „verwöhnten" die Kursanten mit kleinen kulinarischen Freuden, auf die sie, fern von der Heimat, verzichten mussten.

Wenn auch die Verbindung nach Hause während des Studiums umständlich und zähflüssig war, denn es gab nur den Postweg, gab es nach der langen Trennung kein Fremdeln. Wir waren nur glücklich, endlich beisammen zu sein und bemüht, in den Urlaubswochen, das Versäumte nachzuholen.

Als dann bekannt wurde, dass die Ehefrauen der Offiziersschüler das Recht hatten, ihren Mann in Baku zu besuchen, gaben wir uns vor dem Standesamt in Bergfelde das Ja-Wort.

Ich besuchte Harald mehrmals in Baku, reiste über die Maifeiertage mit ihm und seinem Freund Peter nach Usbekistan und feierte schließlich gemeinsam mit den

Ehepartnerinnen der anderen Offiziersschüler den erfolgreichen Abschluss der Ausbildung und die Ernennung zum Leutnant zur See.

Mit unserer Heirat hatten wir zugleich das Recht erworben, einen Wohnungsantrag zu stellen. Die zuständige Wohnungskommission entschied schon nach vierzehn Monaten. Da zu dieser Zeit bereits ein Baby unterwegs war, bekamen wir eine Zwei-Raum-Wohnung zugewiesen.

Da Harald zu dieser Zeit noch in Baku war, halfen mir meine Kolleginnen und Kollegen beim Umzug nach

Berlin-Grünau, Büxensteinallee 17.

Die Wohnung war nur drei Straßen weit entfernt von der Regattastraße, wieder schwer vermietbar, wieder unter dem Dach mit schrägen Wänden in einem Zimmer und der Küche, dafür aber mit einem funktionierenden Kachelofen und einer Innentoilette.

Außerdem hatte sie noch ein Kämmerchen mit schrägen Wänden und einem winzigen Fenster, das ich als Kinderzimmer einrichtete. Das Kinderkörbchen und der Schreibsekretär, den ich zum Wickeltisch umfunktionierte, passten gerade hinein.

Das große Zimmer mit den geraden Wänden wurde mit der Anbauwand „Universal" und den zwei Liegen eingerichtet. Wir ergänzten unser Mobiliar um ein Fernsehgerät, einen Rembrandt, was immer noch ein großer Luxus war.

Das zweite Zimmer stand zunächst leer. Zu jener Zeit waren gerade Leiterwände modern geworden. Das waren Möbelstücke wie Vitrinen, Bücherregale oder Schrankteile u.ä., die in weiß lackierte Metallleitern eingehängt wurden. So konnte man die Anbauwand individuell gestalten. Das gefiel mir sehr, war aber für das Zimmer mit den schrägen Wänden nicht geeignet.

Da kam ich auf die Idee, selbst eine Anbauwand zu kreieren. Dazu noch einen passenden Schreibtisch, der nicht so groß und klobig war, wie die angebotenen Fertigteile. Ich maß alles aus, fertigte eine entsprechende Zeichnung an und suchte einen Tischler, der die Anbauwand zu einem annehmbaren Preis anfertigte. Er lieferte eine solide Arbeit ab. Die Teile passten haargenau an die Wand mit der Schräge. Der Schreibtisch war stabil und groß genug zum Arbeiten, wirkte jedoch nicht erdrückend. Ihn und einige andere Möbelteile habe ich bis heute. Was sich jedoch bei späteren Umzügen als Nachteil auswirkte war, dass nur wenige Einzelteile die gleichen Höhenmaße hatten, was bei der Gestaltung eines anderen Aufbaus an einer geraden Wandfläche einiges Kopfzerbrechen bereitete und zumeist in einer eigenwilligen Anordnung endete. Das hatte ich in meinem jugendlichen Elan nicht bedacht.

Ich war ein bisschen stolz, das alles alleine bewältigt zu haben und freute mich, dass es auch Harald gefiel, als er endlich zum Praktikum und auf Urlaub nach Hause kam, in unsere erste gemeinsame Wohnung. Er machte sich gleich daran, den Putz in der Küche zu erneuern, der schon bei meinem Einzug von der Decke gefallen war und den Blick auf eine Strohschicht preisgab. Er baute auch die Regale für die Speisekammer, die wir durch Einziehen einer Zwischenwand in der schmalen, aber lang gezogenen Toilette gewannen.

Wir waren kaum fertig mit der Einrichtung und Gestaltung der Wohnung, da erfuhren wir, dass Harald nach Beendigung des Studiums in

Dranske auf Rügen eingesetzt werden würde. Unser Aufenthalt in der Büxensteinallee war also begrenzt.

Die in Dranske für Armeeangehörige vorgesehenen Wohnungen waren allerdings noch im Bau. Wie lange sollten wir warten, bis die Wohnblöcke fertiggestellt und wir an der Reihe waren? Es lagen schon fünf Jahre der Trennung hinter uns und bald würden wir eine Familie sein. Da ergriffen wir selbst die Initiative. Wir gaben eine Tauschanzeige auf und erhielten sogar mehrere Zuschriften.

Als wir im April mit dem Bummelzug nach Saßnitz und dann mit dem Bus weiter nach Dranske zur Wohnungsbesichtigung mit den eventuellen Tauschpartnern fuhren, war in Berlin schon Frühling und ich im neunten Monat.

Auf Rügen erwartete uns ein nochmaliger

Wintereinbruch mit eisigem Wind und Schneegeriesel. Darauf waren wir überhaupt nicht vorbereitet und wir froren sehr.

Aber die Fahrt war nicht umsonst gewesen. Wir fanden eine schöne Zweieinhalb-Zimmer-Wohnung in

Saßnitz, Billrothstraße 5.

Es handelte sich um einen Altneubau aus den dreißiger Jahren mit Blick auf den Fährhafen und die Ostsee.

Dem Ehepaar, das mit uns tauschen wollte, war daran gelegen, in die Nähe seiner Kinder zu ziehen, die in Berlin lebten. Wir vereinbarten einen Umzugstermin für Ende August, denn sie hatten noch keine Zuzugsgenehmigung für Berlin.

Ich stand kurz vor der Entbindung und wollte in Ruhe unser Baby zur Welt bringen. Damals gab es noch keine Ultraschalluntersuchungen. Wir wussten nicht, was es wird und ob alles in Ordnung ist.

Als am Himmelfahrtstag dann die Wehen einsetzten, war Harald im Praktikum auf Rügen und nicht erreichbar.

Der Krankentransport brachte mich wegen Überfüllung nicht in das für mich zuständige Krankenhaus in Berlin-Köpenick, sondern in die Charité nach Berlin-Mitte. Das war eine glückliche Fügung, denn es wurde eine Zangengeburt, die ich unter Narkose nicht bewusst erlebte. Als ich wieder zu mir kam, galt meine erste Frage dem Baby.

Ich war glücklich und erleichtert, als die Schwester mir das kleine Bündel in den Arm legte und sagte: „Es ist ein gesundes Mädchen".

Auch Harald war glücklich, denn ein Töchterchen hatte er sich immer als Erstes gewünscht.

Während er ein letztes Mal in Baku weilte, um das Diplom zu verteidigen, begann ich mit den Umzugsvorbereitungen.

Diesmal ging der Transport über eine große Entfernung und es durfte nichts vergessen werden. Außerdem sollte natürlich auch alles in gutem Zustand und heil ankommen. Daher organisierte ich mir einen Packer. Das war ein älterer Herr, der sich mit dem Einpacken von Geschirr und Hausrat in Umzugskisten und Kartons die Rente etwas aufbesserte.

Wohl wissend, dass dieser Umzug noch nicht unser letzter sein würde, sah ich dem Mann aufmerksam zu, wie er Stück für Stück sorgsam in Zeitungspapier einwickelte und dann so in der Kiste verstaute, dass keine Lücke entstand, aber auch nichts aneinander gepresst war.

Ich widmete mich dann den Büchern, die inzwischen schon recht zahlreich waren, der

Wäsche und anderen Dingen. Nach und nach kam eine stattliche Anzahl von Kisten, Koffern, Kartons und anderen Behältnissen zusammen. Darunter natürlich auch mein schwarzer Reisekoffer mit den braunen Lederriemen.

Ich befürchtete schon, dass nicht alles in nur einem Möbelwagen Platz haben würde, aber das Umzugsunternehmen hatte langjährige Erfahrung und stapelte und verstaute unser Hab und Gut sicher und vollständig auf dem Laster.

Mit den Tauschpartnern waren wir übereingekommen, uns den Transport zu teilen. Das hieß: ich fuhr als Erste von Berlin nach Saßnitz.

Freundlicherweise durfte ich im Möbelwagen mitfahren und war also gleich zur Stelle, als wir in Saßnitz ankamen. Dort wurde alles ausgeladen und gleichzeitig das Mobiliar der Saßnitzer und deren Kisten und Kästen für den Transport nach Berlin bereitgestellt und peu a peu eingeladen.

Wie immer, wenn irgendwo ein Umzug stattfand, fanden sich auch hier zahlreiche Kinder ein, die neugierig und hilfsbereit das Aus- und Einladen begleiteten.

Sie bemächtigten sich leichter Gegenstände und trugen sie flink die zwei Treppen hoch in die neue Wohnung. Aber sie trugen auch die Stehlampe unserer Tauschpartner und einiges andere wieder hoch, das schon für den Umzug nach Berlin neben dem Lkw stand.

Wir mussten höllisch aufpassen, dass am Ende schließlich jedes Teil an den richtigen Ort kam. Zwei Stunden später war alles verladen und der Transport begab sich zurück nach Berlin. Ich saß mit Sack und Pack in der neuen Wohnung und war mit den Nerven fertig.

In den folgenden Tagen begann ich, nach und nach, die Möbel an die richtige Stelle zu rücken, das Kinderbettchen aufzubauen und die erste

Kiste mit dem Geschirr auszupacken.

Es war nichts kaputt gegangen.

Die Kartons mit den Büchern und andere, nicht unbedingt notwendige Sachen ließ ich stehen. Das konnte ich mit Harald gemeinsam machen, der ja nun bald kommen würde. Wichtiger war mir, mein Töchterchen zu holen, das ich in der Obhut meiner Schwiegereltern in Berlin gelassen hatte.

Das erste Vierteljahr wohnten wir zu fünft in unserer Wohnung. Wir hatten einem befreundeten Ehepaar unser Kinderzimmer als Übergangslösung angeboten, da auch ihre Neubauwohnung in Bergen noch nicht bezugsfertig war.

Es war eine unbeschwerte Zeit, voller Pläne und Optimismus. Wir kochten gemeinsam und brieten die Fische, die Haralds Freund im Hafen von Saßnitz geangelt hatte. Sie schmeckten ein bisschen nach Diesel, aber das machte nichts.

An den Wochenenden spazierten wir hinaus aus der Stadt und lernten die Schönheit der Natur kennen – die Kreidefelsen, die waldreiche Stubnitz mit dem Königsstuhl.

Die Wissower Klinken sahen noch so aus, wie Caspar David Friedrich sie einst auf die Leinwand gebannt hatte.

Aus dem Küchenfenster und dem Kinderzimmer konnten wir das Ein- und Auslaufen der Fähren nach Gedser und Trelleborg beobachten. Damals fuhr noch die schwedische „Gustav Adolf", die mit Kohle befeuert wurde. Wir erkannten sie schon von weitem an dem schwarzen Qualm, der das Fährschiff in Dunst hüllte.

Die „Saßnitz" und später die „Trelleborg" waren da schon moderner mit ihren Dieselmotoren.

An manchen Tagen, wenn der Wind aus Südost wehte, hielten wir die Fenster geschlossen, denn der widerlich süße Fischgeruch des Saßnitzer Fischwerkes legte sich über die ganze Stadt. Aber meistens wehte der Wind aus Nordost oder West.

Ich war trotzdem nicht begeistert, denn die Stadt ist eigentlich nur eine langgestreckte Straße mit zwei Reihen Häusern rechts und links, sodass der Wind freie Bahn hatte und eilig durch die Stadt fegte.

Unsere Nachbarin arbeitete im Fischwerk. Der Wind machte ihr nichts aus und an den Gestank hatte sie sich längst gewöhnt. Eines Tages fragte sie mich, ob ich mal Aal haben wollte. Ich kannte Aal nur als seltene Delikatesse, geräuchert und in kleinen Portionen.

Natürlich wollte ich gern mal einen ganzen Aal haben. Sie schenkte mir gleich drei.

Sie waren grün, also nicht geräuchert, und dicker als das Ärmchen meiner Tochter.

Sie waren schleimig und im wahrsten Sinne des Wortes aalglatt.

Was sollte ich nur damit anfangen? Ich hatte nicht den Mut, ihr zu sagen, dass ich noch nie frischen Aal zubereitet hatte und zu stolz, sie um Hilfe zu bitten.

Ich bemühte daher in bewährter Weise mein Kochbuch.

Darin fand ich zwei Rezepte: Aal in Bier und Aal gebraten. Beides misslang. Ich scheiterte schon an der schleimigen, aber festen Haut. Mir blieb nur der Mülleimer. Schade um die schönen Aale!

Ich weiß nicht, ob meine Nachbarin die Reste in der Mülltonne gefunden hat. Sie ging mir jedenfalls einige Zeit aus dem Wege.

Eines schönen Tages aber lud sie mich zum Essen ein. Es gab Aal blau mit Stampfkartoffeln, wie man im Norden sagt. Ein Festmahl für mich. Nie wieder habe ich so einen leckeren Aal gegessen.

Mit meinem Beruf als Luftverkehrskaufmann fand ich in Saßnitz keine Arbeit. Ich suchte aber nach einen sinnvollen Beschäftigung, denn das Kochen, Waschen, Windeln füllte mich nicht aus.

Da meldete ich mich bei der Fahrschule an. Zwar hatten wir erst ein Jahr zuvor den Antrag auf einen Trabant gestellt und die Wartezeit betrug zehn Jahre, aber wer konnte schon wissen, ob ich dann auch noch Zeit für die Fahrschule haben würde.

Das Fahrschulauto war ein Saporoshez mit Knüppelschaltung, mein Fahrlehrer ein fröhlicher Mensch. Während der Fahrstunden erzählte er dauernd irgendwelche Witze, während ich mich bemühte, die Spur zu halten, den Blinker rechtzeitig zu setzen und in die angegebene Richtung abzubiegen.

Die Fahrprüfung hätte ich beinahe verpatzt, denn als es losgehen sollte, wusste ich nicht, wie man den Motor startet.

Ich war selten als Erste und immer bei laufendem Motor eingestiegen und konnte gleich losfahren. Mein Fahrlehrer half mir aus der Klemme, indem er mit einer Drehbewegung seines Handgelenks auf den Schlüssel im Starter deutete und den Prüfer mit einer Anekdote ablenkte.

Dann verlief alles nach Plan. Ich fahre bis heute mit dieser damals erworbenen Fahrerlaubnis. Das heißt, ich musste sie natürlich in den heute gültigen Führerschein umtauschen, aber das bereitete keine Schwierigkeiten.

Zu meinem Erstaunen berechtigt mich dieser Führerschein auch zur Führung eines Lkw bis drei Tonnen und eines Krankenfahrstuhls. Und das ohne jede weitere Prüfung!

Bis das neue Wohngebiet in Dranske bezugsfertig war, vergingen zwei Jahre.

Als wir dann die Wohnungszuweisung für eine Zweieinhalb-Zimmer-Wohnung im Block 5 erhielten, war ich wieder hochschwanger.

Der Winter 1967/68 war sehr schneereich und außerordentlich kalt. Dazu wehte ein starker Wind, sodass sich Schneewehen bildeten und die Straßen zeitweise nicht passierbar waren.

Das hinderte uns jedoch nicht, die Umzugsvorbereitungen zügig voranzutreiben.

Ende Februar 1968 bezogen wir unsere Neubauwohnung in

Dranske, Paul-Eisenschneider-Straße 2

Die Gemeinde Dranske liegt im Norden der Insel Rügen. Sie ist der letzte Ort vor der

Halbinsel Bug, die als Marinestützpunkt für die zivilen Einwohner tabu war. Harald tat hier seinen Dienst.

Das ehemalige Fischerdorf wird in die Zange genommen vom Wiecker Bodden auf der einen und der Ostsee auf der anderen Seite. Vom Balkon unserer Wohnung konnten wir den Leuchtturm der Insel Hiddensee sehen und an klaren Tagen mit Übersichtweiten sogar die dänische Insel Moen.

Das Wohngebiet war auf der grünen Wiese entstanden, außerhalb der eigentlichen Ortschaft. Fünf fünfgeschossige Wohnblöcke standen in Reih´ und Glied hintereinander, zwei in großem Abstand quer dazu.

Die Grünflächen waren kahl und von den schweren Bautransporten zerfahren und aufgewühlt. Von den Betonstraßen vor den Blöcken führten schmale Brettersteige zu den

Hauseingängen. Der Wind pfiff und heulte ungebremst über das kahle Land.

Trotz dieser Widrigkeiten waren wir guter Dinge und gingen eifrig daran, unser neues Heim wohnlich zu gestalten.

Unser Töchterchen, knapp zwei Jahre alt, „half" fleißig mit. Sie schleppte ihr Schaukelpferd von einem Zimmer ins andere und wollte partout auch einen Hammer haben, um Nägel in die Wände zu hauen, wie ihr Papa das machte.

Nach gut einer Woche hatten wir alles an Ort und Stelle und konnten uns entspannt auf den bevorstehenden Feiertag freuen.

Der 1. März war in der DDR „Tag der Armee" und für deren Angehörige frei.

An Ausschlafen war jedoch nicht zu denken, denn in aller Frühe meldete sich unser Baby mit Vehemenz.

Es dauerte eine gute Stunde bis der Krankenwagen eintraf. Eine weitere verging auf der Fahrt ins Krankenhaus nach Saßnitz. Da die Straße immer noch durch Schneewehen beeinträchtigt und recht holprig war, hielt der Fahrer mehrfach an, um sich nach meinem Befinden zu erkundigen.

Im Krankenhaus war die Hebamme gerade von der Nachtschicht nach Hause gegangen und musste schleunigst zurück beordert werden. Sie kam gerade noch rechtzeitig, um unserem Söhnchen auf die Welt zu helfen. Wir waren überglücklich.

Als wir in Dranske einzogen, waren wir nicht die Einzigen. Die Einwohnerzahl verdoppelte sich schlagartig.

Es waren überwiegend junge Leute, Matrosen und Offiziere, aus allen Teilen des Landes, die hier ansässig wurden. Darunter auch einige bekannte Familien, die wir aus gemeinsamen Begegnungen während Haralds Studium in Baku kannten.

Das hat uns geholfen, die Anfangsschwierigkeiten zu meistern, denn es gab weder eine Kaufhalle, noch eine Krippe oder einen Kindergarten.

Der kleine Konsum und der Gemüseladen im Ortskern waren total überfordert. Mit Arbeit sah es auch nicht gut aus.

Da beschloss ich, ein Fachschulfernstudium aufzunehmen und bewarb mich an der Fachschule für Finanzwirtschaft Gotha. Im Herbst sollte gerade ein völlig neues Studienfach für Datenverarbeitung beginnen, für das keine besonderen Voraussetzungen benötigt wurden. Mein „Kaufmann" in der Berufsbezeichnung galt als ausreichende Qualifikation.

Als ich mich ein halbes Jahr später im Nachbarort Juliusruh in einem Ferienobjekt des FDGB als Wirtschaftsleiter bewarb, glaubte ich mich dieser Aufgabe gewachsen.

Eingestellt wurde ich jedoch als Hauptbuchhalter.

Die Stelle war gerade unbesetzt.

Von Buchhaltung hatte ich jedoch keine Ahnung. Erschwerend kam hinzu, dass auch der Finanzbuchhalter den Betrieb verließ und lediglich die Lohnbuchhalterin und der Revisor noch vom Fach waren.

Sie bemühten sich, mir die Grundkenntnisse der Buchhaltung beizubringen, zeigten mir, wie man Soll und Haben auf T-Konten darstellen konnte und machten mir begreiflich, dass man bei Fehlbeträgen das Geld nicht einfach in die Kasse legen konnte, sondern mühsam alle Konnten zu kontrollieren waren, um den Fehlbetrag zu orten und richtig zu kontieren.

Ich fühlte mich völlig fehl am Platz, obwohl man mir eine schnelle Auffassungsgabe bescheinigte. Glücklich war ich damit nicht.

So war ich nicht abgeneigt, als mir ein Jahr später nahegelegt wurde, in Dranske als Bürgermeister zu kandidieren. Die Nationale Front – eine Vereinigung von Parteien und Organisationen – stellte mich als Kandidatin auf und ich wurde tatsächlich gewählt. Ich amtierte zwei Jahre.

Nach und nach wurde auf Betreiben der NVA-Dienststelle die fehlende Infrastruktur geschaffen.

Es entstanden eine Kaufhalle und eine Kinderkombination, ein Schulkomplex und auch die ärztliche Versorgung wurde gesichert.

Das war für mich besonders wichtig, denn seit einiger Zeit plagten mich plötzlich auftretende, krampfartige Schmerzen in der rechten Schulter.

Nie im Leben hätte ich da eine Gallenkolik vermutet. Aber die Ärztin erkannte die Symptome und ihre Diagnose wurde von dem Röntgenbild bestätigt. Ein Gallenstein hatte sich am Galleneingang festgesetzt. Eine Operation war unumgänglich. Seither lebe ich ohne Galle gut und beschwerdefrei, kann alles essen und trinken.

Die Sommermonate verbrachten wir mit den Kindern am schmalen Strand von Kreptitz, einem Ortsteil, nur wenige Kilometer von Dranske entfernt.

Unser Töchterchen plantschte fröhlich in den flachen Wellen, während unser Söhnchen unter dem als Sonnenschutz aufgespannten Regenschirm schlief. Er hatte es auch später nicht so mit dem Wasser.

Der folgende Winter war wiederum schneereich und kalt. Der langanhaltende Frost hatte sogar den Küstenbereich der Ostsee zufrieren lassen. Zahlreiche Schwäne, die sich hier versammelt hatten, waren über Nacht in der eisigen Hülle gefangen und hilflos verendet. Es war traurig, sie anderntags einsammeln und entsorgen zu müssen.

Überraschenderweise erhielten wir schon nach vierjähriger Wartezeit unser erstes Auto, einen betongrauen Trabant.

Die Farbe war uns einerlei, aber die Tatsache, von nun an beweglich zu sein, war ein enormer Fortschritt.

Harald hatte zwar schon im Sommer einen Motorroller gekauft, aber für vier Personen war das kein geeignetes Fortbewegungsmittel.

Den Trabi holte Harald zusammen mit meinem Vater im Werk ab und fuhr damit zunächst zu meinen Eltern nach Berlin, wo ich auf ihn wartete. Die Kinder hatten wir bei Freunden in

Dranske gelassen. Voller Stolz fuhren wir über die Landstraßen, denn die Autobahn A 19 war noch im Bau.

Als wir auf die Insel kamen, übergab Harald mir das Steuer.

Die Strecke war mir noch von der Fahrschule her bekannt. Nachdem ich mich mit der Lenkradschaltung vertraut gemacht hatte, lief auch alles ganz gut bis wir kurz vor Sagard ankamen.

Hier zweigt nach einem kleinen Anstieg die Straße zur Halbinsel Wittow von der B 96 nach Saßnitz ab. Ich konzentrierte mich schon auf die Linksabbiegung, als ein großes Schlagloch mitten auf der Kuppe des Hügels auftauchte.

Vor Schreck riss ich das Lenkrad herum, wodurch der Trabi ins Schleudern kam, sich um seine eigene Achse drehte und in Gegenfahrrichtung schließlich an einem Baumstubben hängen blieb.

Die Fahrt war zu Ende. Uns war nichts passiert, aber das Auto musste in die Werkstatt.

Ich bin Harald bis heute dankbar, dass er die Nerven behielt und ohne Kommentar alles Notwendige veranlasste.

Als wir in Dranske mit dem Bus eintrafen, verbreitete sich die Nachricht von meinem Debakel wie ein Lauffeuer.

Viele hatten schon neugierig, vielleicht auch etwas neidisch, auf unseren Neuerwerb gewartet und kommentierten das Ereignis entsprechend.

Danach wollte ich nie mehr Auto fahren, aber dank Haralds Zuspruch und Geduld habe ich die Furcht, erneut zu versagen, schließlich überwunden und bin seither sicher mehrere zehntausend Kilometer gefahren.

Wir hatten in Dranske gut Fuß gefasst.

Harald ging seinen dienstlichen

Verpflichtungen nach und ich war mit dem Fernstudium und der Tätigkeit als Bürgermeisterin voll ausgelastet.

Die Kinder wurden in der Krippe und im Kindergarten betreut.

Obwohl mir bewusst war, dass wichtige Entscheidungen, den Ort betreffend, nicht von der Gemeindevertretung, sondern von der Armee getroffen wurden, machte mir die Arbeit Spaß.

Als eines Tages der Flottillenchef mit dem Vizeadmiral und einer kleinen Delegation in meine Amtsräume kam, um mit mir zu beraten, wie man aus der Gemeinde einen attraktiven Urlaubsort für Armeeangehörige machen könnte, fühlte ich mich geehrt und war bereit, die Einwohner davon zu überzeugen, dass es eine gute Einnahmequelle für die Vermieter und den Ort sein würde, wenn regelmäßig Feriengäste nach Dranske kämen.

Allerdings sollten dann keine Besucher mehr aus dem Westen aufgenommen werden. Das stieß natürlich auf Widerstand bei den Alteingesessenen, deren Stammgäste vielfach aus westlichen Gefilden kamen und manche Westmark daließen.

Da es aber nur einige Wenige betraf, die in diesen Genuss kamen, wurden sie letztlich überstimmt. Das Vorhaben konnte beginnen.

Ein paar Monate später wurde in der Flottille hoher Besuch aus Bulgarien erwartet.

Der bulgarische Admiral sollte vom Armeegeneral der DDR begleitet werden.

Als Bürgermeisterin wurde ich gebeten, die Gäste bei ihrem Eintreffen in der Gemeinde zu begrüßen, bevor sie in die Dienststelle auf den Bug fahren würden.

Ich war sehr aufgeregt. Ich befürchtete, die hohen Gäste nicht gleich zu erkennen, hatte ich sie ja noch nie von Angesicht zu Angesicht gesehen.

Ich kannte mich auch mit dem Protokoll nicht aus, wusste nicht, wen ich danach hätte fragen sollen.

So leistete ich mir einen Fauxpas, von dem ich glaube, dass er letztlich zur Aufgabe meines Amtes führte.

Ich kaufte zwei schöne Blumensträuße, stellte mich in der Ortsmitte auf die Fahrbahn und stoppte die herannahende Delegation mit den hohen Gästen.

Die Kolonne hielt an. Die Türen des ersten Fahrzeugs öffneten sich und der bulgarische Admiral stieg aus.

Ich erkannte ihn sofort, denn er trug natürlich eine andere Uniform.

Neben ihm hatte der Vizeadmiral gesessen, der mich seinerzeit im Gemeindebüro aufgesucht hatte. Er stieg ebenfalls aus.

Ihm lächelte ich freundlich zu, übergab einen Blumenstrauß mit dem Willkommensgruß dem Bulgaren und suchte nach dem Armeegeneral.

Ich konnte ihn nirgends entdecken und lief verzweifelt, mit dem anderen Blumenstrauß in der Hand, die Kolonne entlang.

Schließlich kam mir ein weiterer bulgarischer Offizier entgegen und erlöste mich von dem Gebinde.

Der Vizeadmiral war unterdessen mit dem hohen Gast wieder in die Limousine gestiegen, knallte die Türen zu und brauste davon in Richtung Bug.

Erst da wurde mir bewusst, dass ich den Armeegeneral vergeblich gesucht hatte, denn der Vizeadmiral war der Begleiter des bulgarischen Gastes.

Ihm hätte der zweite Blumenstrauß gehört.

Ich hätte im Erdboden versinken können, aber das hätte mir auch nicht mehr geholfen.

Nur wenige Monate später wurde Harald erneut zum Studium in die Sowjetunion delegiert.

Drei Jahre Militärakademie in Leningrad mit den schon bekannten halbjährlichen Urlaubsaufenthalten in Dranske.

Im Unterschied zur Ausbildung in Baku bestand diesmal die Möglichkeit, nach dem ersten Studienjahr die Familie nachzuholen.

Ich beendete gerade im Sommer dieses Jahres das vierjährige Fachschulstudium an der Finanzfachschule in Gotha.

Die Wahlperiode als Bürgermeister endete allerdings erst in zwei Jahren.

Deshalb schwankte ich lange zwischen der Erfüllung meiner beruflichen Verpflichtung und der einmaligen Möglichkeit, zwei Jahre gemeinsam mit der Familie im Ausland zu verbringen.

Die Entscheidung fiel mir nicht leicht, aber letzten Endes siegte doch der Wunsch, die Familie zusammmen zu halten.

Also packten wir erneut die Koffer und machten uns auf die Reise.

Leningrad, Noworossiskaja uliza 24

lautete nunmehr unsere Anschrift.

Hier stellte uns die Akademie eine Zweieinhalb-Zimmerwohnung in einem internationalen Wohnheim zur Verfügung.

Die Einrichtung war spartanisch, nur Bett und Tisch und Stuhl, ein kleines Sofa und eine minimale Kücheneinrichtung.

Für Leningrader Verhältnisse war das jedoch der pure Luxus, denn viele Familien wohnten noch immer in Kommunalwohnungen, d.h. sie bewohnten mit der ganzen Familie ein Zimmer in einer Großraumwohnung.

Die anderen Zimmer wurden von anderen Familien belegt. Küche und Toilette wurden gemeinschaftlich genutzt.

Im Gegensatz dazu handelte es sich bei uns um eine normale, in sich geschlossene Wohnung.

Sie befand sich im 11. Stock eines modernen Würfelhochhauses mit Fernheizung.

Es gab einen Fahrstuhl und auf jeder Etage einen Müllschlucker.

Da wir zwei Jahre dort wohnen würden, erlaubte man uns die Mitnahme von Kleinmöbeln und Haushaltsgegenständen. Mit Koffern und Kisten allein war es diesmal also nicht getan.

Wir bestellten einen Container und luden alles ein, was uns den Aufenthalt in der Fremde so angenehm wie möglich machen sollte.

Das hört sich leicht an, war aber eine äußerst aufwändige Angelegenheit, denn jedes einzelne Teil, vom Teppich bis zur Stehlampe, vom

Federbett bis zum Hausschuh, von der Vase bis zur Schöpfkelle musste auf detaillierten Listen verzeichnet werden.

Ja, sogar das Werkzeug, wie Hammer, Nägel und Schrauben oder das Nähzeug mit genauer Angabe der Anzahl der Näh- und Stricknadeln oder die persönlichen Hygieneartikel mussten In Stück und Gramm vermerkt werden.

Es galt zu beachten, dass Lebensmittel nur in begrenztem Umfang und Gewürze und andere heimische Produkte eventuell in Leningrad gar nicht gehandelt wurden. Andererseits war die Einfuhr von Lebensmitteln begrenzt.

Unsere Kinder waren glücklicherweise aus dem Kleinstkindalter heraus, sodass Vorräte an Babynahrung nicht nötig waren.

Auch um das Spielzeug und Bücher brauchten wir uns keine Gedanken zu machen. Da würden wir ein reiches Angebot vorfinden und preiswert dazu.

Zu guter Letzt hatten wir auf 19 DIN-A-4-Seiten alles aufgeführt, was wir mitnehmen wollten. Sie wurden dem Zoll vorgelegt und eingehend geprüft. Schließlich wurde alles genehmigt und der Container gepackt.

Er ging schon vier Wochen vor unserem Abflug auf die Reise und wir hofften, dass er angekommen sein würde, wenn wir einträfen. Auch Harald verließ uns schon eher. Das zweite Studienjahr begann.

Gemeinsam mit fünf weiteren deutschen Familien flog ich mit den Kindern hinterher. Ende August 1972 zogen wir in Leningrad ein. Es begann eine unvergessliche Zeit in einer anderen Welt.

Es war uns nicht neu, dass das Lebensniveau in der Sowjetunion ein anderes war, als wir es von Hause aus gewohnt waren.

Wir hatten schon etwas davon kennengelernt

bei den kurzen Besuchen in Baku.

Den Kulturschock, den wir erlebten, als wir das erste Mal in die Sowjetunion kamen, von der wir doch „Siegen" lernen sollten, war längst verarbeitet.

Aber nun hieß es, den Alltag zu meistern und eine Familie zu versorgen in einer fremden Stadt, in einer Sprache, von der man allenfalls Brocken beherrschte.

Unsere Tochter war jetzt sechs Jahre alt. Sie wurde in Leningrad eingeschult und besuchte hier die erste und zweite Klasse der Konsulatsschule.

Unseren vierjährigen Sohn konnten wir halbtags in einem russischen Kindergarten unterbringen.

Das verschaffte mir Bewegungsfreiheit, die ich für die Erkundung meiner neuen Umgebung nutzte und brauchte.

Schon das Einkaufen war eine echte Herausforderung.

Das Angebot an Gemüse, Fleisch- und Wurstwaren war überschaubar und oft in einer für uns ungewohnten Darbietungsweise vorhanden.

Für manche Erzeugnisse fuhren wir kreuz und quer durch die Millionenstadt.

Das Ergebnis rechtfertigte nicht immer den Aufwand, aber es machte uns auch mit den entferntesten Stadtteilen bekannt.

Wir erlangten Sicherheit im brausenden Verkehrsgetümmel, kamen mit der Bevölkerung in Berührung und erlernten nebenbei die Umgangssprache.

In dem Hochhaus in der Noworossiskaja lebten neben uns Deutschen auch Polen und Bulgaren mit ihren Familien.

uch für sie bedeutete das Leben in Leningrad

eine Umstellung.

Wir freundeten uns mit ihnen an und es dauerte nicht lange, bis wir eine solidarische Gemeinschaft wurden. Wir halfen uns gegenseitig und informierten uns über besondere Sehenswürdigkeiten und Angebote.

Leningrad ist die Stadt Zar Peters I., worauf die Einheimischen besonders stolz sind.

Sie ist unermesslich reich an historischen Plätzen, Palästen, und Museen, an Schlössern und ausgedehnten Parkanlagen.

Genauso vielfältig war die Kulturszene. Theater, Kulturhäuser, Kinos und Konzerthallen boten ein reichhaltiges Programm.

Es war ein Muss, diesen Reichtum zu erkunden und ich bin dankbar, dass wir an den Wochenenden dazu Zeit und Gelegenheit hatten.

Es würde an dieser Stelle zu weit führen, auf Einzelheiten einzugehen, die wir in Leningrad erlebt haben. Diese Metropole ist ein eigenes Kapitel wert, denn hier beginnt ein weiterer roter Faden.

Uns war bewusst, dass wir in Leningrad als Deutsche in einer Stadt lebten, die dreißig Jahre zuvor während der Blockade durch die Hitlerarmee in größter Armut gelebt und mehr als die Hälfte ihrer Einwohner verloren hatte. Es hätte uns nicht verwundert, wenn uns die Bevölkerung mit Argwohn und Abneigung begegnet wäre, denn kaum eine Familie hatte nicht gelitten. Aber nichts dergleichen geschah. Wir wurden als Vertreter eines befreundeten Landes, der DDR, aufgenommen und mit der sprichwörtlichen russischen Gastfreundschaft beehrt.

Nicht selten erwuchs aus einem banalen Gespräch im Trolleybus oder im Magazin (Verkaufseinrichtung) eine persönliche

Einladung.

Sie war ehrlich gemeint und wenn wir ihr folgten, wurden wir wie alte Bekannte in der jeweiligen Familie begrüßt.

Wir pflegten auch ein freundschaftliches Miteinander mit unseren bulgarischen und polnischen Mitbewohnern und trafen uns bei vielen Gelegenheiten mit und ohne Anlass zu fröhlichen Feiern.

Noch lange, nachdem Harald das Studium beendet hatte, unterhielten wir enge Kontakte zu unseren russischen, bulgarischen und polnischen Freunden.

In Leningrad trafen wir auch die Familie Turetzki wieder, eines ehemaligen Dozenten aus Baku und knüpften ein enges Band (und einen weiteren roten Faden), aus dem sich eine jahrzehntelange Freundschaft entwickelte, die auch über seinen Tod hinaus anhält.

Diese Verbindung war für etliche Jahre unterbrochen.

Die Familie reiste aus und ging in die Vereinigten Staaten, wovon wir keine Kenntnis hatten, denn Westkontakte waren nach wie vor für Offiziere der Volksmarine untersagt.

Um so größer war unser Erstaunen und unsere Freude, als sie sich nach der Wende 1991 telefonisch mit uns in Verbindung setzten. Aber auch das ist ein eigenes Kapitel wert.

Die zwei Jahre in Leningrad waren so reich an Erlebnissen, Eindrücken und Erfahrungen, dass die Zeit wie im Fluge verging.

Wieder zu Hause in Dranske, hatten wir kaum den Container ausgepackt, da wurde Harald nach Rostock versetzt.

Erneut stand ein Wohnungswechsel bevor. Diesmal gab es sogar schon eine konkrete

Wohnung, die wir beziehen sollten. Allerdings war sie noch nicht frei. Wir mussten uns noch ein Vierteljahr gedulden.

So kam es, dass unsere Kinder zunächst in Dranske zur Schule gingen.

Unsere Tochter kam in eine Klasse mit 32 Schülern.

Das war eine gewaltige Umstellung, denn in der Konsulatsschule in Leningrad waren gerade einmal 17 Kinder in der Klasse gewesen. Sie trugen anstelle der dort üblichen Schulkleidung den blauen Rock und die weiße Bluse der Jungpioniere und durften neben ihrem blauen auch das rote Halstuch der sowjetischen Pioniere tragen.

Sie erlebten auch ein umfangreiches Freizeitprogramm und traten mit dem Schulchor bei etlichen Veranstaltungen öffentlich auf.

Das war in Dranske ganz anders. Pionierkleidung wurde nur zu besonderen Anlässen getragen und auch das Halstuch war kein alltägliches Accessoir.

Während sie nun also in der dritten Klasse mit den Eingewöhnungsschwierigkeiten zu kämpfen hatte, wurde unser Sohn in Dranske eingeschult.

Er konnte es kaum erwarten.

Die Einschulungsfeier begann mit einem Fahnenappell auf dem Schulhof der neu erbauten Polytechnischen Oberschule.

Die ABC-Schützen wurden einzeln aufgerufen und unter Applaus ihren Klassen zugeordnet. Dann wurden sie in das alte Schulgebäude geführt, wo sich die Klassenräume der ersten und zweiten Klassen befanden.

Nach der ersten Schulstunde erwarteten wir ihn vor der Schule mit der Zuckertüte.

Für unseren Sohn war das alles sehr aufregend.

Er war stolz, nun ein Schulkind zu sein.

Doch schon am folgenden Tag wurde er bitter enttäuscht, als er allein zur Schule ging und dort abgewiesen wurde.

„Die wollen mich nicht", schluchzte er, nachdem er wieder zu Hause eingetroffen war.

Wie sich herausstellte, war er zum neuen Schulgebäude gelaufen, wo auch seine Schwester unterrichtet wurde.

Der Irrtum konnte schnell aufgeklärt werden und dann stand seiner Schülerlaufbahn nichts mehr im Wege.

Als die Herbstferien heranrückten, war die Wohnung in Rostock immer noch belegt, aber der bisherige Mieter erhielt die Möglichkeit, vorübergehend in einem Wohnheim unterzukommen.

Deshalb kamen wir mit ihm überein, uns die Wohnung zu teilen.

Er begnügte sich mit dem halben Zimmer, in dem er seine Möbel einlagerte, während wir unsere Sachen über die anderen Zimmer verteilen konnten.

Der Möbeltransport wurde bestellt.

Zum Ende der Herbstferien 1974 zogen wir um nach

Rostock–Evershagen, Arkadi-Gaidar-Str. 5

Unsere Kinder teilten sich das eigentliche Schlafzimmer, während wir mit dem Rest des Mobiliars versuchten, es uns im Wohnzimmer einigermaßen wohnlich zu machen.

Das Wetter erlaubte es, einige Utensilien auf dem Balkon zu lagern und dann gab es ja auch noch den Gemeinschaftsraum im Keller.

Trotzdem war es anfangs ziemlich beschwerlich.

Ich stand jeden Morgen um 5.30 Uhr auf, bereitete das Frühstück für die ganze Familie, achtete darauf, dass die Kinder ihre Brote nicht vergaßen und fuhr dann als Letzte mit Bus und Straßenbahn ins Stadtzentrum, um pünktlich 7.15 Uhr an meinem neuen Arbeitsplatz zu sein. Die Schule der Kinder lag in Reichweite. Harald konnte den Armeebus nehmen, der morgens und abends durch alle Stadtteile fuhr. Zu damaliger Zeit wäre kein Mensch auf die Idee gekommen, mit dem eigenen Auto zur Arbeit zu fahren.

Da unsere Kinder in ihren Klassen noch nicht fest verwurzelt waren, fiel ihnen die Umstellung auf die neue Schule nicht allzu schwer.
Sie fanden schnell neue Freunde und engagierten sich in den angebotenen Arbeitsgemeinschaften.

Unsere Tochter sang im bestehenden Schulchor, während unser Sohn sich beim Turmspringen versuchte.

Die Rostocker Turmspringer hatten einen guten Ruf und unser Sohn die körperlichen Voraussetzungen für einen guten Turmspringer. Als allerdings die zunehmenden Dehnungsübungen ihm Strapazen bereiteten, hörte er damit auf.

Es gab noch so vieles Andere, was er ausprobieren konnte. Segeln zum Beispiel, aber mit dem feuchten Element hatte er es nicht so. Sobald die Trockenübungen vorüber waren und es aufs Wasser gehen sollte, beendete er das Experiment. Später fand er seine Freude beim Judo und heute leitet er einen Aikido-Verein

In Rostock wohnten inzwischen auch alte Bekannte aus der Bakuer Zeit, mit denen wir uns ab und an trafen.

Ich hatte eine neue Tätigkeit beim Rat des Bezirkes als Mitarbeiterin für Investitionen in der Abteilung Handel und Versorgung aufgenommen.

Durch meine Arbeit gewannen wir neue Freunde, die Kinder im Alter unseres Sohnes hatten.

Wir machten Vieles gemeinsam, unternahmen Ausflüge in die Umgebung, besuchten Theater und Kinoveranstaltungen und trafen uns regelmäßig zum Kartenspiel und zu den familiären Ereignissen. Diese Freundschaft hat sich bis heute erhalten.

Als unsere Tochter in die Pubertät kam, hielten wir es für angebracht, uns um eine größere Wohnung zu bemühen.

Wir stellten einen Antrag auf eine Vier-Raum-Wohnung und waren sehr überrascht, als schon nach kurzer Zeit ein Wohnungsangebot für eine

Fünf-Raum-Wohnung im Stadtteil Rostock - Lütten Klein unterbreitet wurde. Dem konnten wir nicht widerstehen und so packten wir erneut die Koffer und bestellten einen Möbelwagen. In den Sommerferien zogen wir ein in

Rostock – Lütten Klein, Warnowallee 10

Unsere neue Wohnung lag im 10. Stock eines langgestreckten Neubaublocks, einer sogenannten Wohnscheibe.

Sie hatte einen schmalen, auf einer Seite eng zugehenden Balkon, eine kleine, innen gelegene Küche, einen zum Flur hin offenen Abstellraum, Bad und zwei Toiletten.

Das Wohnzimmer maß sechs mal vier Meter und hatte eine Glastrennwand zum zehn Meter langen Flur.

Dahinter, gestand uns unser Sohn später, lag er manchmal heimlich und verfolgte das

Fernsehprogramm, während wir ihn schlafend im Bett wähnten.

Das eigentliche Schlafzimmer nutzten wir als Arbeits- und Gästezimmer.

Unsere Kinder bezogen die beiden halben Zimmer, die zur Hauptstraße sahen, während wir im gegenüberliegenden halben Zimmer das Schlafzimmer einrichteten.

Anfangs hatte ich Albträume bei dem Gedanken, dass die Kinder womöglich am offenen Fenster auf dem Fensterbrett sitzen und das Gleichgewicht verlieren könnten. Aber sie waren alt genug und zu vernünftig, um solche Späße zu unterlassen.

Bis zur 10. Etage fuhr, nicht immer zuverlässig, ein rumpelnder Fahrstuhl mit einer Wechselsprechanlage auf jeder Etage. Während ich morgens einen Abstieg über das Treppenhaus gelassen als Frühsport ansah, verfluchte ich seinen Ausfall abends beim

Nachhausekommen, denn dann hatte ich zumeist die vollen Einkaufstaschen inklusive Brauseflaschen und Kartoffelsäckchen zu schleppen.

Auf mein Klingeln in der Wohnung erfolgte nur selten eine Reaktion.

Die Kinder waren entweder noch unterwegs oder in eine Beschäftigung vertieft, sodass sie das Klingeln überhörten.

Der Umzug in die neue Wohnung brachte viele Verbesserungen, aber auch einige Nachteile mit sich. Für unsere Kinder war er mit einem erneuten Schulwechsel verbunden.

Wir haben uns damals wenig Gedanken darüber gemacht, ob und wie sie das wohl verkraften würden. Schließlich war ich ja selbst durch mehrere Schulen gewandert. Allerdings hatte das auch zur Folge gehabt, dass ich kaum auf enge Kinderfreundschaften zurückblicken konnte. Da ich in der ersten Schulzeit ohnehin so etwas wie eine Außenseiterin gewesen bin, hatte mich das nicht weiter belastet.

Während unser Sohn schnell Anschluss in der POS in Lütten Klein fand, hatte unsere Tochter Mühe, sich in das bestehende Klassenkollektiv einzufügen.

Auch die Theater-AG, in der sie sich engagierte, trug letztlich nicht zu einem größeren Wohlbefinden bei.

Ihren Frust konnte sie nur schlecht verbergen, aber wir schrieben ihn dem Pubertätsalter zu und waren ihr keine große Hilfe.

Mit der Anschaffung eines kleinen Kätzchens, an dem wir alle unsere Freude hatten, erfüllten wir ihr einen sehnlichen Wunsch.

Parallel dazu suchten wir nach einem Grundstück im Grünen, wo wir eine Laube oder Datsche bauen und uns bei der Arbeit an der frischen Luft erholen konnten.

Besonders Harald, dessen Elternhaus von einem großen Garten umgeben war, in dem es immer etwas zu werkeln gab, suchte nach einem körperlichen Ausgleich zu seiner überwiegend sitzenden Tätigkeit im Kommando der Volksmarine.

Mir graute jedoch vor einem Bauvorhaben, gleich welcher Art, denn Baumaterial war nur sehr schwer und zumeist nicht ohne „Vitamin B", d.h. ohne Beziehungen, zu beschaffen.

Da entdeckten wir eines Tages eine Anzeige in der Ostseezeitung, in der ein Haus in Kloster-Wulfshagen, dreißig Kilometer östlich von Rostock zum Verkauf angeboten wurde.

An einem sonnigen Wintertag fuhren wir zur Besichtigung hin und verliebten uns auf den ersten Blick in die friedlich äsenden Rehe und die unberührte Natur, von der die sechs

Häuschen umgeben waren, die den Ortsteil bildeten.

Das Haus gehörte einem ehemaligen Neubauern, der als Witwer mit seinem Vater und seinem 16-jährigen Sohn einen typischen Männerhaushalt führte.

Der Vater lebte in der Mansarde unter dem Dach.

Der Sohn bewohnte ebenerdig ein Zimmerchen, das ursprünglich die Hälfte eines direkt an die Wohnung grenzenden Kuhstalls war.

Der Eigentümer nutzte die andere ausgebaute Hälfte des Kuhstalls als Schlafraum, der mit dem eigentlich Wohnraum durch eine Tür verbunden war.

In der Küche stand neben einem Kohleherd ein älteres Modell von Elektroherd.

Fließendes Wasser gab es nicht. Man kurbelte Wasser mittels einer Winde und eines Eimers aus einem Brunnen von fünf Meter Tiefe, in dem sich hauptsächlich Oberflächenwasser sammelte.

Kaum drei Meter davon entfernt lag der Misthaufen.

Und das Herzhäuschen mit einem schlichten Holzbalken, unter dem ein Zinkeimer stand, befand sich gleich daneben.

Zu dem Grundstück gehörte auch einiges Nebengelass, z.B. ein Entenstall, ein Hühnerstall, eine Futterküche, Kaninchenställe und eine mit Asbest bedachte Scheune, von der der Schätzer, der das Grundstück bewertete, meinte, er nähme sie gar nicht erst in den Bestand auf, denn sie würde ohnehin bald zusammenbrechen. (Nebenbei bemerkt – sie steht immer noch.)

Der schöne alte Kirschbaum war hinter zahlreichen Bretterschuppen gar nicht zu sehen, aber ein Beet mit zwanzig Reihen Erdbeeren und ein weiteres mit den vergilbten Strünken von Rosenkohl konnten wir erkennen.

In unser Bewusstsein aber drang nur das feste, bewohnbare Gebäude und die Idylle hinter dem Grundstück. Es war uns überhaupt nicht klar, worauf wir uns da einließen.

Doch wir waren voller Elan und Optimismus. Mit dem Besitzer wurden wir bald einig und der Kauf des Hauses ging zügig vonstatten. Auch der Pachtvertrag mit der Gemeinde für das dazugehörige Grundstück wurde ohne Schwierigkeiten abgeschlossen. Das Land war Volkseigentum und stand seinerzeit nicht zum Verkauf.

Schon im Frühjahr 1978 konnten wir, gemeinsam mit unseren Freunden, mit denen wir uns im ersten Jahr das Anwesen teilten, an die Umgestaltung von Haus und Garten gehen. Die Wochenenden gehörten von nun an dem Gehöft.

Unser Sohn und die beiden Söhne unserer Freunde fühlten sich wie Eroberer, wenn sie auf Entdeckungstour gingen.

Für unsere Tochter war es Stress, jedes Wochenende in diese Ödnis aus Quecke, Melde, Beifuß und Disteln und anderen unbekannten Gewächsen zu fahren.

Die wenigen verbliebenen Nachbarn hatten keine Kinder und die Gartenarbeit machte ihr keinen Spaß.

Ihr einziger Trost war ihre Katze, der jedoch diese Ausflüge nicht sonderlich behagten. Sie verkroch sich am liebsten in eine dunkle Ecke unter dem Schrank.

Wir ackerten von früh bis spät und fuhren, körperlich erschöpft, aber seelisch erholt, am Sonntag Abend in die Stadt zurück.

Das alles mag dazu beigetragen haben, dass sich unsere Tochter mit dem herannahenden

Abitur für ein Auslandsstudium entschied.

Ihre schulischen Leistungen entsprachen vollauf den Anforderungen und auch ihre Herkunft sprach nicht dagegen.

So kam es, dass sie nach Beendigung des elften Schuljahres zu einem Vorbereitungsjahr auf die ABF (Arbeiter- und -Bauern-Fakultät) nach Halle wechselte und nach dem erfolgreichen Abitur zu einem fünfjährigen Studium nach Moskau delegiert wurde.

Die Wohnung war nun für uns zu groß geworden.

Es war wenig wahrscheinlich, dass unsere Tochter nach dem Studium nach Rostock zurückkommen würde.

In zwei, drei Jahren würde auch unser Sohn die elterliche Wohnung verlassen.

Da zu dieser Zeit gerade in der Rostocker Innenstadt ein neues Wohngebiet entstand, bewarben wir uns für eine Zweieinhalb-Zimmer-Wohnung in der nördlichen Altstadt.

1985 zogen wir um. Als unsere Tochter das erste Mal auf Urlaub kam, wohnten wir schon in

Rostock, Auf der Huder 5

Ich weiß noch, wie enttäuscht sie war, dass sie nun kein eigenes Zimmer mehr hatte.

Für uns hieß das aber keineswegs, dass wir sie aus dem Haus haben wollten. Lediglich die günstige Gelegenheit, eine Wohnung in der Nähe meiner Arbeitsstelle und in angemessener Größe zu bekommen, hatte uns zu diesem Schritt veranlasst.

Es war noch nicht der letzte Umzug. Mit der Wende veränderte sich unser ganzes Leben. Nach wenigen Monaten meldete ich mich das erste Mal arbeitslos.

Harald verbrachte noch ein Jahr an der Militärakademie in Dresden, um danach entlassen zu werden.

Er fand zunächst eine neue Tätigkeit in Schleswig-Holstein.

Unsere Tochter, inzwischen verheiratet und Mutter zweier Kinder, verlor ihre Tätigkeit durch Schließung des Betriebes und musste sich neu orientieren. Ebenso erging es ihrem Mann. Die junge Familie wohnte in Sachsen und blieb auch dort.

Auch unser Sohn hatte eine Familie gegründet. In seinem erlernten Beruf als Kfz-Schlosser fand er keine neue Arbeitsstelle.

Er sattelte um auf Isolierer und arbeitete nach einem kurzen Rostocker Intermezzo bei einer Firma in Hamburg.

Während in Rostock die Kindereinrichtungen, Krippe und Kindergarten, stark reduziert wurden, konnte unsere Schwiegertochter sich in ihrem Beruf als Kindererzieherin in Schleswig-Holstein eine Arbeitsstelle aussuchen und entschied sich für einen Kindergarten in Bordesholm, was einen Umzug zur Folge hatte.

Die ersten zehn Jahre nach der Wende waren gekennzeichnet von einem ständigen Auf und Ab.

Wir mussten erst lernen, mit der neuen Freiheit umzugehen.

Wir mussten erkennen, dass jetzt nach anderen Regeln gespielt wurde und wir aus dem „Beitrittsgebiet", unabhängig von Wissen und Können, in der Rangfolge nicht ganz oben standen.

Nach einer „Weiterbildung" im EDV-Finanzbereich versuchte ich, im Versicherungswesen Fuß zu fassen. Ich fand aber sehr schnell heraus, dass es hier vorrangig um Gewinne für die Versicherungen ging und das Kundeninteresse zweitrangig war. Das war keine Aufgabe, die ich bis ins Rentenalter machen wollte, schon gar nicht als Außendienstlerin.

Auch die Tätigkeit bei dem renommierten Brockhaus-Unternehmen war keine Festanstellung und nach anfänglichen Erfolgen kein sicherer Broterwerb.

Zahlreiche Betriebe der DDR wurden „abgewickelt". Die Beschäftigten landeten in der Arbeitslosigkeit und verloren jegliches Interesse an dem Wissensschatz, der in den 32 Brockhaus-Lexika enthalten war. Die dafür notwendige horrende Summe konnten sie nicht mehr aufbringen.

Für zwei Jahre fand ich eine Tätigkeit als Praxismanagerin in einer Arztpraxis, die mir Freude gemacht hat, aber nicht dauerhaft benötigt wurden. Als die Aufgaben immer weniger wurden, trennten wir uns im gegenseitigen guten Einvernehmen.

Wiederum meldete ich mich arbeitslos. Eine Stelle für mich zu finden sei schwierig, wurde mir gesagt. Ich sei für die vorhandenen Angebote überqualifiziert.

Nach einiger Zeit wurde ich dann an den Vogelpark Marlow vermittelt, wo ich bis zum Renteneintritt eine ABM-Stelle innehatte. Auch hier hatte ich Freude an der Arbeit, wenngleich ich mich doch ziemlich unterfordert fühlte.

Harald erging es nicht besser.

Nach einer Episode als Vermittler und Übersetzer im Modebereich einer russischen Firma, die in Schleswig Holstein agierte, fand er eine Stelle als Außendienstmitarbeiter in einem Fensterbetrieb. Die Einkünfte waren überschaubar und kamen unregelmäßig.

Er sah sich nach einer zweiten Tätigkeit um und begann einen weiteren Außendienst bei einer Firma aus Süddeutschland, die Isoliermaterial und chemische Produkte für kleine Baubetriebe lieferte. Später hat er sich mit dieser Tätigkeit selbständig gemacht.

Unser Leben verlief ziemlich turbulent, war aber nicht uninteressant.

Aber auch das ist ein weiterer roter Faden, den ich vielleicht an anderer Stelle wieder aufnehme.

Zurück zu den Koffern.

Unsere Wohnung in Rostock gehörte dem Bundesvermögensamt und es war absehbar, dass wir sie nach Haralds Entlassung aus der Armee irgendwann verlassen mussten.

Da erwies es sich als Glücksfall, dass wir uns seinerzeit weder für einen Garten mit Laube noch für eine Datsche entschieden hatten.

Stattdessen besitzen wir ein festes Neubauernhaus aus den 1950er Jahren, das zwar nicht sonderlich komfortabel ist, aber unseren bescheidenen Ansprüchen durchaus genügt.

Wir investierten in eine Wasserleitung und eine Elektro-Fußbodenheizung, fliesten das Bad, die Küche und das „Kaminzimmer" und legten Parkett im Wohnzimmer mit günstig erworbenen Stabparkettresten der ehemaligen Wittenburger Parkettfabrik, die die Tore schließen musste.

Harald sorgte für neue, isolierte Kunststofffenster und baute sie ein und einen Wintergarten an.

Wir leisteten uns ein zweites, gebrauchtes Auto, um beweglich zu sein, erwarben von der Gemeinde das Pachtland und zogen 1991 nach

Kloster-Wulfshagen, Ausbau 6.

Hier wohnen wir nun schon mehr als dreißig Jahren, so lange, wie noch nie an einem anderen Ort.

In diesen Jahren haben wir noch viele Koffer gepackt, aber nicht für einen Umzug, sondern für Reisen ins In- und Ausland.

Wenn unsere aktuelle Anschrift jetzt anders lautet, so ist das ohne unser Zutun und ohne Umzug geschehen. Im Rahmen der Zusammenlegung von fünfzehn Gemeinden mit der zehn Kilometer entfernten Stadt Marlow, bekamen wir einen neuen Straßennamen, denn es gab in Marlow schon einen Ausbau.

Wir durften die Bezeichnung selber auswählen. Das fiel uns nicht schwer, denn entlang unseres bis heute unbefestigten Weges wuchsen leuchtend farbige Lupinen.

Dass wir auch zu unserer größten

Verwunderung eine andere Hausnummer erhielten, ist der Tatsache geschuldet, dass irgendwer von Amts wegen in das Liegenschaftskataster eingesehen hatte und feststellte, dass „Klein Moskau", wie der Ortsteil bei der Dorfbevölkerung hieß, einmal zwölf Neubauernhäuser umfasste. Sechs davon wurden lange vor unserer Zeit abgerissen. Unseres war das zehnte.

Nun wohnen wir also in

Marlow, Lupinenweg 10

Wie lange noch?

Inhaltsverzeichnis

Bibliografische Information der DeutschenNationalbibliothek::

Die Deutsche Nationalbibliothek verzeichnet diese Publikation in der
Deutschen Nationalbibliografie; detaillierte bibliografische Angaben
sind im Internet über http/dnb.de abrufbar.
Autorin: 2024 Monika Genzow
Herstellung und Verlag: BoD - Books on Demand, Norderstedt

ISBN 9 783759712141